彼女はジャンヌ・クーロン、伯爵家の降霊術師

仲村つばき

富士見L文庫

Her name is
Jeanne Coulomb,
the count's necromancer.

c o n t e n t s

プロローグ

死のはじまりは、青い光である。

予兆がはじまったときは、とても静かに。

小指の先ほどの光が、人の内から古びた宝石のように輝いたかと思うと、それは次第にめらめらと燃えさかり、全身に広がってゆく。

ただし、この光は普通の人には見えない。

これを知ったのは、ジャンヌが生家のクーロン家を追い出され、修道院に入ってからのことで、このときはまだみんながこの現象について『当然の事実として知っている』のだと思っていた。

だからこそ、なんのてらいもなくたずねられたのだと思う。

「アロイス兄さん。その胸のキラキラ、どうしたの？」

兄は不思議そうにジャンヌを見る。

「なにもついてないけど？」

「でも、おじい様と同じ青いキラキラがついてるよ」

「変なこと言うなよ、ジャンヌ。おじい様は昨年亡くなっただろう」

本日は祖父の命日だ。

教会のミサを終え、退屈そうに歩くジャンヌを、アロイスは抱き上げる。

彼女は兄の胸に顔をうずめ、光のありかをたしかめた。

――あつい。

なんと悲しい熱さだろう。

「兄さん。もうすぐ死んじゃうんだね」

兄の魂は、終末に向かって燃えているのだと、ジャンヌは思った。

第一章　生きている人間って、だいたい退屈。

「ジャンヌ。ちょっとよろしいかしら」

寝台に寝そべり、顔の上に分厚い本を広げていたジャンヌは、ページの下でけだるそうにまばたきをした。

間違いなく、今この瞬間、面倒ごとが始まったのだ——。かびた本の匂いを吸い込み、ジャンヌは残念そうにうなった。今日は奉仕活動と夕方のミサが終わったら、読書をしまくって気絶したように寝る。そう決めていたはずだったのに。

聖マリアナ教会の女子修道院には、十歳から十七歳までの女の子たちが修道女見習いとして暮らしている。ジャンヌが寝転がっていたのは、見習いたちのための寝室である。

寝室と言っても、大部屋住まいで、少女たちに私生活を秘匿する権利はない。古びたベッドと小さなチェストが人数分並んでおり、カーテンの仕切りひとつ与えられることはなかった。

隙間風がよく当たるので不人気な壁際のすみっこのベッド。ここがジャンヌに許された唯一の個人空間である。

ジャンヌのベッドの下にはぎっちりと本が詰まっており、チェストの上には絵葉書や走り書きに交じって、大きな手鏡が無造作に置かれている。

「掃除くらいしたらどうなの」

「ごきげんよう、シスター・ルイーズ。私の粗末なベッドになにか御用?」

「せめて本を顔からどけなさい」

ルイーズは甲高い声で説教する。

「あなたはいつもそんな態度で。下の子たちにしめしがつきませんよ。本ばかり読んで物語の世界に浸っていないで」

「私が浸っているのは物語の世界ではない。残酷なほどに現実です」

ジャンヌは起き上がり、本を枕のわきに置いた。『ロッテンバル国　黎明《れいめい》期の偉人百人』。

ジャンヌは歴史書か伝記――それもできるだけ史実に沿った伝記を書く作家のものしか読まないようにしている。

「女子修道院長がお呼びよ。あなたに話があるそうです。きっと進路の件でしょうね。あなたがここの修道院になじむとは思えないと、私からよく言っておきました。あなたときたら、奉仕活動でもあっちにふらふら、こっちにふらふら。友人のひとりも作らずに、夜中にはぶつぶつ独り言を」

「友達ならいるわよ、ただもう死んでるだけ。生きている人間ってだいたい退屈だから興味ないの。それに奉仕活動の時は新しい死霊に会えるまたとない機会だし」

悪びれもせずそう言ってのけるジャンヌに、ルイーズはめまいがしてきたようである。

「はあ……あなたの教育を投げ出した、クーロン伯爵さまのご意向が理解できるというものです」

「シスター・ルイーズは意外と共感力が高いんですね」

「本当に、あなたという子は！　減らず口ばかり叩《たた》いてないで、さっさと支度をなさい！　眠る前に必ず女子修道院長のところへ行くのですよ！」

ルイーズは肩をいからせてどこかへ行ってしまった。

ジャンヌはじろりとあたりを見回した。年下の見習いたちが、こわごわとジャンヌの方を見ていたが、さっと視線をそらし、おしゃべりに興じはじめた。

ジャンヌは手鏡をとりあげ、みずからの顔を見つめた。灰色がかった黒髪に、青い瞳。肌は青白く、くちびるに生気はないが、こう見えて貧血のひとつも起こしたことのない健康体である。ぱちぱちとまばたきをすると、ジャンヌは鏡の向こうに集中した。

視界がゆらぐ。鏡の向こうに、別の世界が広がっているのをたしかに感じる。

霧のようにおぼつかない世界で、またたく青い光がある。ジャンヌは心の内でその光をつかみとった。

――呼べる。

「ライムじい。いる？」

『なんでしょう、ジャンヌお嬢さま。じいめに御用でしょうか』

ジャンヌのくちびるは動いた。

しかしそれは、まったく別物の魂が、彼女のくちびるを動かしているに過ぎなかった。

『お嬢さま、何度言えばよいのです。じいめをこのような少女たちの寝室に呼び立てるものではありません。肉体はとっくに滅びたじいとて、モラルは守りたいですぞ』

「悪いんだけど、夜間の外出は禁じられているのよ。この間ベッドを抜け出して墓地を散歩していたのがばれて以来ね。ライムじい、あなたは目でもつむっていたら」

『むう。致し方ありませぬ』

ジャンヌはぱちりと目を閉じた。

と思いきや、かっと目を開き、すらすらとしゃべりはじめる。

「突然女子修道院長に呼ばれたのよ。これって何かあると思わない？　あの人いつも私のこと、へばりついた青カビを見つけたときみたいな顔をしてにらんでいるっていうのに」

ジャンヌが手鏡の前で目を開けたり閉じたりしながらぶつぶつと会話を繰り広げる様子に、いよいよ少女たちは縮みあがり、それぞれのベッドへ引っ込んでしまった。

『じいが思うに、朗報ですな。クリストフ様がジャンヌお嬢さまをこの女子修道院へお預けになったのは、成人までの教育をお任せするため。すでに時は経《た》ちました。もしかしたらジャンヌお嬢さまに良縁のお話があったのかもしれませんぞ』

このロッテンバル国で、貴族の子女が修道院で教育を受けることは特段めずらしくはない。少女たちは身分の貴賤《きせん》を問わない場所で社会勉強をし、献身の心をもって神に尽くし、そして誘惑からは一切断ち切られる。都会に出て悪い遊びをおぼえるよりはと、こういった場所を「理想の環境」とする堅物の親たちからは大変な人気で、たっぷりの寄付金と共に修道院にやってくる女の子たちを、教会側も諸手《もろて》を挙げて歓迎した。

ただし、ジャンヌの父親であるクリストフ・クーロンが、彼女を嫁に出そうと思っていたかといえば、大いに疑問である。

「結婚するならマリーズ姉さんが先よ」

『いえいえ。順番というものは時に入れ替わるものですよ。死んでからもなお、クーロン家にお仕えしてはや二百年。ジャンヌお嬢さまが立派なレディになる日を見届けることができそうで、このライムじい、恐悦至極に存じます。さあ、女子修道院長にお会いしましょう。そしてご立派に成長されたお姿を、ぜひ母君のデボラ様にお披露目されなくては。ご実家へ凱旋《がいせん》するのです！』

「実家に戻されるにせよ、よその修道院へ移るにせよ、もっとろくでもないことにせよ……でも構わないわ。七年もこんなところにいて、いい加減飽きたもの。墓地の顔ぶれもそう変わらないし。私を持て余して別の修道院へ移すつもりなら、戦場跡地とか、処刑場の近くとか、せめてもっと大きな墓地があるところがいいって、希望を出してみなくちゃ」

ジャンヌは鏡を伏せてチェストに置くと、深呼吸をした。

新しい日々が始まるのかもしれない。始まってくれなければ困る。

生者も死者もかわりばえのしない人間ばかりで、ここはたいがい退屈なのだ。

＊

女はベッドからするりと抜け出して、天蓋のカーテンをめくりあげた。

月の光をあびて、彼女はゆっくりとまばたきをする。陶器のような白い肌に、張りのある胸元、くびれた腰。たっぷりとした金色の髪をかきあげて、彼女はおしげもなくその肢体をさらした。脱ぎ捨てた下着を拾い上げ、甘い声で共寝の男に呼びかける。

「オーガスティン」

ベッドの中で、青年は眠たそうにうめいた。

「あなたって、いつも上の空なのね。私ってそんなに集中できない女？」

「そんなことないよ。ただ……」

オーガスティンは口ごもった。そして、意を決したような口調で言った。

「マグノリア……いや、マリーズ。何か困ったことがあるんじゃないか」

「なあに。急にそんなこと言い出して」

マリーズはくすくすと笑って、オーガスティンに背中を向け、後ろ髪をかきあげる。

「ボタンを留めて」

オーガスティンは、迷ったように手をさまよわせていたが、やがてボタンに手をかけた。

「今日はあなた本当にヘンよ」

「悪かったよ。男にだってたまにはこういうこともある」

マリーズは何も言わなかった。今更緊張するような仲でもないとは思ったが、この恋人は最近、ことさら自分の殻に閉じこもるようになったと思う。

「私のせいね？」

マリーズの言葉に、オーガスティンは手を止めた。彼女の呼びかけには、何も答えなかった。

「明るくしていいか？　暗くてよく見えない。女性の下着は複雑だ」

「次の女に着せてやるときは、同じ事は言わないようにね。今回だってほとんど私が脱いだんだから」

マリーズは振り返り、オーガスティンの鼻に指先をあてた。

「別れましょう」

「マリーズ」

「あなたにその名を教えるつもりはなかったの。ただの気まぐれな貴婦人、マグノリアでいたかったわ。避暑地でのひとときの恋のつもりだったのに、まさかあなたと宮廷で会うなんてね！」

「それは、ただの絵描きだと名乗った僕も悪かったと思うけど……」

「本当よ。嘘《うそ》つきの罪は重いわ。でも私も身分を偽っていたのだから、お互い様ね。宮廷で私に会ったらお互いに知らん顔するのよ。まあ、それはそれで燃えるわね」

「………」

「別れたくないって言わないの、あなただけよ」

「まさか、全員切ったのか？　修道院にでも入るつもり？」

マリーズの恋人が自分だけではないことを、この男はよく知っている。そして彼女が悪食なこともよくわかっている。

「そうねえ。話を聞くかぎり、修道院は私には到底無理そうだわ。──お望み通り、明るくしたわよ」

マリーズは蠟燭《ろうそく》に明かりを灯《とも》した。オーガスティンの美しい顔があらわになった。銀色がかった金髪に紫色の瞳、女性受けする甘ったるい顔立ち。それに似合わず体つきはたくましい。オーガスティンは、マリーズの五本の指に入る「お気に入り」だった。

手放すには惜しいかしら──マリーズは一瞬そう思ったが、考えは変えなかった。

「あなた、好きな人がいるでしょう」

「なんでもお見通しなんだな」

「わかるわ。特別な人がいるのね。それについてどうこう言うつもりはない。私もひとりには決められないから」

「……でも、別に恋人というわけじゃないんだ、その人とは」

マリーズは目を細めた。

「意外。片思いなの？　あなたほど素敵な人なら、どんな女も簡単に手に入りそうなのにね」

「………」

「どんな人なのかは聞かないわ。私じゃない時点で興味ないから」

「マリーズ。悪かったよ」

「あら、私は楽しかったわ。でもこれ以上は危険よ。お互いに良い思い出にしましょう。今後、この住まいは人に貸す予定だから、もうたずねてきちゃだめよ」

マリーズはかがんで、かつての恋人に最後のキスをした。

「幸せにね、オーガスティン。きっとまた会うでしょう。お互いに、まったく違う立場で。ふたりの門出に幸せがやってくることを祈るわ」

「僕もだ、マリーズ。……なにかがあったら、必ず知らせて」

オーガスティンは、念を押してマリーズにそう言った。

マリーズは「なにかね」とつぶやいた。

「きっとあるでしょう。私の雷雨のような妹が、手元に戻ってくるんだもの」

＊

女子修道院長の部屋は、少女たちの大部屋のちょうど真上に位置している。

階段をのぼり、申し訳ばかりの大きさの客間や祈禱《きとう》室を抜けると、そこが彼女の執務室だ。レースのテーブルクロスや手編みのクッションカバーは女子修道院長の手作りで、少女たちに刺繡《ししゅう》を教えるときによく手本として持ち出される品だった。

聖書や地図、文学書は書棚に並んでいたが、ジャンヌ好みの戦死者の記録や処刑人リストはもちろん置かれていなかった。

作業台には大判のスカーフが広げられ、庭から刈り取ったラベンダーの花が並べられている。ポプリづくりの真っ最中であったようだ。

手入れがよく行き届いた空間であったが、彼女はここで寝泊まりしておらず、教会の入り口付近に建てられた古びた小屋で暮らしていた。脱走を試みる少女がいれば、すぐに首ねっこをつかめるようにするためである。

女子修道院長は椅子に腰かけ、小さな書き物机に寄りかかっていた。

彼女は、背負っていた大きな荷物をようやく下ろせるといったような、感慨深い顔をしていた。

「ジャンヌ。明日にはこの修道院を出て、あなたの家に戻ってもらうことになりました」

「明日？　ずいぶん急なのね」

「そう。しかも明日の朝、空に太陽がのぼる前の出発です。汽車のチケットはこれよ」

ジャンヌは、差し出されたチケットに視線を落とした。たしかにこの出発時間では、すぐにでも荷物をまとめなければ間に合わない。まるでこそ泥のようにここを出るのだ。

「この知らせを持ってくるはずの、郵便配達人が寝てたとか？」

「消印を見る限り、郵便配達人はきちんと仕事をしていますね。あなたに火急の用事があるのでしょう。今日は特別に就寝時間を過ぎても構いません。部屋に戻って身支度をなさい。それから、同室の友人に別れの挨拶をすませて」

「生きている人の中で、友人はいません」

「……お姉さまからあなた宛の手紙が届いています。お読みなさい」

女子修道院長は、がたついた机の引き出しを苦労して開けると、封筒を取り出した。クーロン家の紋章・野ばらをかたどった封蠟《ふうろう》が押してある。

ジャンヌはひったくるようにしてその封筒を手に取った。女子修道院長は彼女の勢いに目を見開いている。

「ありがとうございます、マザーの一言はないの？　ジャンヌ」

「ありがとうございます、マザー」

まるで棒読みで悪びれないジャンヌは、姉の手紙に目を通した。

『親愛なる妹　ジャンヌへ
元気にしていますか。私が修道院へ送った恋物語をひとつ残らず燃えさかる暖炉の中へ放り込んだと、女子修道院長から報告を受けました。活字ならなんでもうれしいのかと思ったのだけれど、私の見当違いだったようね。許してください。
ところで、あなたに頼みたいことができました。楽しい少女時代もこれにておしまいです。汽車のチケットを送ります。荷物をまとめて家に戻っていらっしゃい。
誰がなんと言おうと、私はあなたを歓迎します。

マリーズ・クーロン』

たしかにマリーズがよこしてきたのは、読むだけで頭が悪くなりそうな三流恋物語だった。ジャンヌは最初の三行を読んだのち、これ以上は脳と精神に良くないとすみやかに暖炉へ放り込んだのである。

「私が、クーロン家に戻る？　よその修道院にうつるのではなくて？」

「あなたのような子を受けいれてくれる場所は、残念ながらないでしょうね、ジャンヌ。

あまりにも問題行動が多すぎる。私物を暖炉で処理した件もそうですよ」

「似たようなことをシスター・ルイーズに言われました。でもマリーズ姉さんがある程度寄付金を積めばどこでも私を歓迎してくれるかと思っていたわ。ここみたいにね」

女子修道院長は苦虫をかみつぶしたかのような顔をした。実際、聖マリアナ女子修道院はクーロン家の寄付金でよそよりも潤っていたのである。少女たちの食事の品数が増えたり、バザーのために血まなこになって刺繍《ししゅう》入りハンカチを量産せずにすんでいるのも父の代から変わらずに寄付を続けているマリーズのおかげである。

「クーロン家のご当主……あなたのお姉さまに恥ずかしくないような教育をほどこせたかどうか、私はあなたを見ていると自信がなくなってきます、ジャンヌ」

「マザー。うちからがっぽりお金を受け取っているからって、あなたは私を特別扱いしたりしなかった。私は、マザーを教育者の鑑《かがみ》だと思っているわよ」

「私のことではない。あなたのことを憂えているのですよ、ジャンヌ！」

「元気を出して。あなたの肩にひっついている人も心配しているわ」

女子修道院長が大あわてで自身の背中を振り返る。彼女の背後にただよっているのは、マザーとよく似た女性の霊だった。古めかしいスカーフをかぶり、気づかわしげな視線を向けている。

マザーの作業台に広げられたスカーフは、女性のと同じ柄である。おそらくマザーが母親から受け継いだものなのだろう。

「ジャンヌ、あなたはいつもでたらめばかりを言って」

「マザーのお母さまには初めてお会いしたわ。ときおり気配は感じたけど、ここまではっきり出てきてくれたのは今日が初めてね。お母さまの方は、目の下にほくろがふたつあるのね。それ以外はあなたにそっくり同じに見えるわ、マザー。もしかして、今のマザーと同じくらいの年齢の時に亡くなっているのかしら。着ているものが今より五十年前の流行ってかんじなのよね。サンザシ柄のスカーフって、私の祖母が若い時に流行《はや》って、みな一枚は持っていたらしいから」

「…………」

「彼女、マザーに『胃痛には気をつけなさい』と言っているわ。マザー、最近胃腸の調子が悪いのかしら。それともマザーのお母さまは胃のご病気で亡くなったの？」

マザーは口をわななかせる。

「心当たりがあるんでしょう？」

「……直接的な原因ではないけれど、母はしょっちゅう胃を悪くしていたわ。亡くなった日の朝も、いつものように胃が痛いと言っていた……私はあたたかいお茶を飲ませて、横にさえなっていればきっと治ると言い聞かせた……家が貧しかったから、まともな医者にもかかれず……」

はっとしたような顔をして、マザーはかぶりをふった。

「どこから私の母親のことを聞いたのかしら。死んだ人が見えるなんて、うそを言う暇があったら支度をなさい」

マザーは震える声を張り上げると、胃のあたりに右手を置いた。

やはり痛むのだろう。それともジャンヌの発言により、よりひどくなったのか。

「お大事に、マザー。言っておくけど、お母さんはあなたのことを恨んでなどいないわ。こんな立派な修道院の長になって、誇らしく思っているそうよ」

「ジャンヌ、でたらめを言うのもいい加減になさい！」

「はあ。でたらめかどうかはあなたが決めることよ。別に私のことを信じろと強制するつもりもないし。それではおやすみなさい。長いことお世話になったわ」

そう言い残すと、ジャンヌは回れ右をして、きびきびと歩き出した。背後からマザーが十字を切り、なにやらぶつぶつと祈りの言葉を唱えるのが聞こえてくる。

母親への良心の呵責《かしゃく》から、シスターになったのか。マザーがここに落ち着いたわけが今夜あきらかになったというわけだ。

「しかし、私が知りたいのはロッテンバル国を動かした偉人たちの話であって、マザーの過去話でもなんでもないのよね」

『あまりご婦人を驚かすものではございませんぞ、ジャンヌお嬢さま』

窓ガラス越しに、ライムじいが声をかけてくる。

『おかわいそうに、女子修道院長は今夜は眠れないかもしれません』

「かわいそうでもなんでもないわよ。マザーと彼女の母親の誤解をといたじゃない、ライムじい」

『普通の人には死人など見えないし気配も感じないのです。お嬢さまが作り話をされていると思われて当然でしょう。本当に何度言っても、ジャンヌお嬢さまは死人が見えることを隠そうともしない』

「見えるものを見えるって言ってなにが悪いのよ」

幽霊が見える。

そして、死期が近づいている人間のこともわかる。

それが、ジャンヌがこの女子修道院に預けられることになったゆえんである。

ジャンヌは幽霊と会話するだけでなく、兄の死を予言した。

兄アロイスが軍の訓練で事故死したのは、彼女の予言通り十七歳のときのことだった。

ジャンヌは度々兄に警告してきたが、とうとうそれが現実になってしまった。

「アロイス兄さんのときと違って、マザーに青い光は見えなかった。まだまだ生きるわよ、あの人。ただの一過性の胃痛だったみたいだけど、母親は心配していたからマザーの周りをうろうろしていたのね」

『じいめはひやひやしましたぞ。お嬢さまがマザーのお母君を降霊されるんじゃないかと』

「そうしたほうが手っ取り早く信じてもらえたかしら」

『いよいよお嬢さまが悪魔祓《ばら》いをされるところでした。降霊はおいそれとされるものではございませんぞ。おそらく、マザーのお母君がはっきりと出てきた理由はあのサンザシのスカーフでしょうな』

作業台に広げられていた、古めかしいスカーフ。

「あのスカーフは、きっとマザーの母の遺品ね。あれがあればマザーの母を降霊できると思う。でもこの修道院の最後の夜に、腰を抜かさせることもないかと思って」

ジャンヌはポケットから古びた懐中時計を取り出した。これはライムじいこと、ライムレット・ジョルダンの遺品である。

ライムじいは二百年前、クーロン家に仕えた執事であった。主人に忠実でよく働き、上等な番犬を何頭も育て、お屋敷《やしき》の守りに徹した使用人だ。

ジャンヌがクーロン家を出ていくことが決まった日、彼女は荷づくりのために子ども部屋をひっくり返していた。そのとき、衣装部屋の奥から埃《ほこり》まみれになったこの懐中時計を見つけたのだ。

懐中時計は、ジャンヌの『退屈でたまらない』という呼び声にこたえた。

満月の夜だった。懐中時計のさびついた蓋を開け、ジャンヌは時計にはまったガラスに己の瞳をうつしだした。そのとき、みずからの口が勝手に動き出したのだ。

『つまらないですかな、ジャンヌお嬢さま。それならばじいめをお供にお連れください。なに、じいができることなどたかが知れておりますが、話し相手と犬の相手ならばお役に立ちますゆえ――』

想《おも》いと遺品がそろい、ジャンヌが集中できる環境にあれば、死者を降霊することができる。

ジャンヌはこの能力を研ぎ澄ませ、自身の夢のために役立てると決めていた。

「まあいいわ。マザーの母親なんて降ろしても面白くないでしょ。ロッテンバル国の歴史に存在したありとあらゆる著名人をこの体に降ろし、歴史を直《じか》に知ること！　これが私の目標なのよ」

ジャンヌはこぶしをにぎりしめ、腰に手を当てる。

「この修道院の墓地に埋葬されているのは、神父とか、小金持ちの地主とか、この町から出たこともない人たちばかり。これ以上腰を落ち着けるところじゃないわね。マリーズ姉さんの頼み事が何なのかわからないけれど、とっととすませて、もっとすごいわけありスポットへ向かうわ。もうだいたい目星はつけてるの」

『さすがジャンヌお嬢さま、行動派ですな。しかしお嬢さまが思い通りの場所へ向かうにも、根回しは必要になるというもの。デボラ様、マリーズ様、おふたかたが納得できるようなレディになっていなければ、わけありスポットへの外出などもってのほかでございます。部屋に戻ったらお辞儀の仕方からお話の仕方まで、じいがみっちりと見てさしあげましょう。思うにお嬢さまは目上の人にもまるで同輩に接するかのような喋《しゃべ》り方をなさるのが気になります。先ほどのマザーとの会話も、じいはひやひやいたしましたぞ。クーロン家のご令嬢たるもの――』

「ライムじい、待って」

ジャンヌは窓ガラスを前に、右手をつきだした。

「あんまり勢いよくしゃべらないで。顎が疲れてきた」

『鍛え方が足りませぬぞ、ジャンヌお嬢さま』

「あなたのぶんまでひとりでしゃべらなきゃいけないから大変なのよ」

ジャンヌは急いで自身のベッドに戻ると、山盛りの本をトランクに詰め、心霊スポットをメモした地図を丁寧におりたたみ、寝巻と共にしまい込んだ。

シスター・ルイーズは腕を組みジャンヌの様子をじっと観察している。マザーより監督役をおおせつかったようだ。

「やっぱり、あなたはここを出ていくことになったのね」

それみたことか、と言わんばかりの口調である。

「そうみたい。私は実家に戻ることになったわ」

「せいせいしたというのが正直な気持ちね。これであなたが逃亡しないか見張る役目も終わるわ」

「それじゃ、ずいぶん暇になるのね、シスター・ルイーズ。やることがなさすぎるんじゃないの」

「私はもともと忙しいのです!!　あなたみたいな子にかまけている暇なんてなかったんですからっ！」

ルイーズが声を張ると、眠っていた少女がうるさそうに寝返りを打った。

「シスター・ルイーズ。友人に挨拶しに外へ行っても構わない？」

「あなたの友人はこの大部屋の中よ」

「違うわ、墓地の方。地味だけど優しくしてくれた聖マリアナ教会の墓地のみなさんに」

「寝なさい。あなたにそれ以外の選択肢はありません」

シスター・ルイーズは冷たく言い放ったのち、ジャンヌのトランクに足をとられて、盛大に舌打ちをしてみせた。

＊

ジャンヌの故郷は、ロッテンバル国の南西に位置するガゼルという街にある。馬車がガゼルに入った途端、目の覚めるような青のドレスを身に着けた夫人や、青い帽子をかぶった子どもたち、真っ青な布張りのトランクを持つ使用人が道を行き交うのが見える。ガゼルの名産品は大青《パステル》を利用した青の染料なのだ。さまざまな『青』を求めて多くの人々がガゼルへとやってくる。

ここ数年、姉のマリーズが領主に代替わりしてからというもの、食文化もさかんになった。メインストリートにはワインやショコラの専門店がたちならび、鴨肉《かもにく》をたっぷりの油で漬け込んだコンフィは人気の名産品となっていた。

（姉さんが女伯爵となってからというもの、王都にも負けないほどの景気の良さと聞くけれど、この様子を見るとどうやら本当のことみたいね）

ショコラは、ぜひともいただきたい。実家から離れて残念だった唯一のことが、修道院ではめったに甘いお菓子が許されないことだった。

馬車は街を駆け抜けると、やがて広大な森の中を進んでいった。あたたかな木漏れ日が窓から差し込んでくる。

太陽の光を受けて輝く小川に、ジャンヌはまぶしそうに目をすがめた。

汽車を乗り継ぎ、馬車に揺られ、長い旅路が彼女を疲れさせていた。それに加えて、故郷の思い出はジャンヌにとってあまり愉快ではないのだ。

丘の上に立つクーロン家の邸宅が見えてくるころには、いやでもこの家を出た日のことを思い出す。

兄、アロイスの死を予感したあの日。

おそろしい悪魔が末娘のジャンヌに宿ったのだと、母デボラは精神を乱し、そして父クリストフはジャンヌを家から出すことにより、クーロン家の平穏を守ったのである。

今でも時折考える。

死というものが、どうせ覆せない運命なのだとしたら、口をつぐんでいたほうがよかったのだろうか。兄の胸の光を見ても、なにも感じない方が良かったのだろうかと。

「……着いたわね」

御者が扉をひらき、ジャンヌは静かに降り立った。

玄関ポーチの前で、使用人たちが勢揃《せいぞろ》いをして馬車の到着を待っていた。そしてその中央には、青いドレスを身に着けたひとりの女が立っている。

豊かな金色の髪をゆいあげ、白いうなじと胸元を惜しげもなく晒《さら》したマリーズ・クーロン。

今年二十八歳になる、ジャンヌの年の離れた姉だ。

そして、現クーロン伯爵家の当主である。

兄アロイスに続き、父クリストフが亡くなると、家督を継げる男性がいなくなった。

本来ならば爵位は遠い親戚の男子に継がれるはずだった。しかしクーロン家はロッテンバル国建国時から名を連ねる特別な家系で、家督の継承に特例が設けられていた。

一代にかぎり、直系の女性が家督を継いでも構わないこととする——。

その一代のカードを切ったのが、ジャンヌの姉、マリーズなのである。

久方ぶりに見る姉は、絵画から飛び出してきた女神像のようにまばゆいばかりの美しさであった。

「お帰りなさい、ジャンヌ」

「姉さん、ただいま帰りました。とても久しぶりだわ」

修道院には差し入れや手紙をよく送ってくれたが、こうして顔をつきあわせるのは父の葬儀以来のことであった。父のクリストフはジャンヌと家族が連絡を取ることをよく思っておらず、クーロン家の人々が聖マリアナ修道院を訪れることはなかったのだ。クリストフ亡きあとも、マリーズはすぐにその方針を変えようとはしなかった。

「私の想像よりも、ずっと大人っぽくなったわ。いらっしゃい、あなたの部屋を整えてあります」

ありがとう、と言おうとして、ジャンヌはけげんな顔をした。

姉の背中に、黒い筋のようなものが通った気がしたのだ。

「どうかした？」

「なんでもない」

目をこすってたしかめたが、さきほどの違和感は消えてしまっていた。

「……ところで、母さまは？」

「今夜はいないわ。お芝居を見に行かせたの。あなたも長旅で疲れているし、その方が気が楽でしょう」

「私じゃなくて、母さまの方がね」

ジャンヌがしれっと言うと、マリーズは苦笑した。

「相変わらずね。手紙通りの印象で、かえって安心したわ」

ジャンヌの部屋は、姉の命によって子ども部屋を改装したものに変わっていた。白と青の小花模様の壁紙や子犬のぬいぐるみはジャンヌの趣味ではないが、マリーズが気遣って用意させたものだろう。

書き物机の上には青緑色のキャンドル、壁とおそろいの青い花の布が張られたソファ。青い部屋はガゼルの伯爵令嬢らしい内装と言えるだろう。

「小さな続き部屋にドレッサーを押し込んだわ。せめてもう少し身支度には気を遣ってね。ドレスも作らないといけないわ」

適当に結った髪を指先でいじられたが、ジャンヌの意識は別の方へと向いていた。見上げるほどの高さの本棚にはおどろおどろしい題名の本が差し込まれている。

「感激よ、姉さん。この本なんか特に」

ジャンヌは『ギロチンの露と消えた被害者たち』を抱きしめ、目を輝かせる。

「こんな素敵な本、どこから？」

「知り合いに譲ってもらったのよ」

頭の腐りそうな恋愛小説を送ってきた、以前のマリーズからは想像もつかないほどの成長である。さすがは敏腕の女伯爵、できる女だ。

「たくさん本を集めているという知り合いに聞いてみたの。用意できたのはほんの少しだけれどね。なにしろあなたの好みはうるさいから」

「そう。姉さんの知り合いに、こんな本を読む人がいるなんて知らなかったけど――」

ジャンヌは言葉を呑《の》み込んだ。

「どうしたの、ジャンヌ」

「…………」

姉の背中に、なにかがうごめいていた。

黒く靄《もや》がかかっていて、正体はおぼつかない。はっきりとしているのは、死霊ではないということである。死霊ならば存在感がうすく、体は透けていて、風が吹けば消えてしまいそうなほど繊細だ。強風にさらされた花びらのようなものである。

だが、姉のそばにいるモノは違った。どす黒く、人の姿を成していたが、それはひとりではなかった。何人もの魂がくっついて、頭も胴体も手足もめちゃくちゃにまざりあい、姉の周りをただよっていた。その中でもより大きなひとつが意志を持ち、マリーズに張りついている。

それらはマリーズの首にまとわりつき、頬のあたりに顔をすりよせた。靄はひとりの男の姿を形成し、恍惚《こうこつ》とした表情を浮かべ、マリーズの腰に手をまわした。

ジャンヌは思わず、靄の男をはたいた。

ばちばちと静電気を発し、靄は一瞬散ったが、またすぐに男の形になった。

「どうかしたの、ジャンヌ」

「姉さん……最近、変なことが起きてない？　具合が悪くなったりとか」

「別に。いたって健康よ」

「そう……」

幽霊とも、死の気配とも違う。だがもっとおどろおどろしいものが、姉に憑《つ》いている。

ジャンヌは迷った。

言うべきか？

しかし、兄のこともある。ジャンヌが忠告しても兄の死は止められなかった。むしろ兄とジャンヌは離れ離れにされ、そうして兄は遠く離れた場所で命を落としたのだ。

（どうしよう）

ジャンヌはつとめて冷静を装い、姉の背後の異変を検分した。黒の男は、姉に相当執着しているようである。

「もっと本が欲しいと思ったなら、語学を勉強するといいわ。外国語も読めるようになれば、読める本は増えるから」

「ええ……」

ジャンヌがけげんな顔をしたまま動かないので、マリーズは腰に手をあててたずねた。

「疲れているの？」

「たぶん」

「わかったわ。少し休みなさい。あなたに頼みたい用事は、落ち着いてから話します。夕食は鴨《かも》料理を用意させるわ。苦手じゃないわよね？」

「なんでもいいわ」

「食べたいものは特にないの？　料理人も腕のふるいがいがないわね」

マリーズが去ってしまうと、ジャンヌはドレスの袖のボタンをはずし、まくりあげた。

腹の底から、ふつふつと熱がわきあがっている。これほど不可解かつ予想外な出来事はいつぶりか。

数年ぶりに再会した姉に、わけのわからないものが取り憑《つ》いていた。

「面白くなってきたわね。退屈しなくてすみそうよ」

期待とは裏腹に、ジャンヌは表情ひとつ変えずにそう言った。

*

人の魂は、死によって清廉潔白な存在に変わるのかもしれない。

死という大きな試練を乗り越えることによって、生前の苦しみや罪は浄化され、魂の本質がむきだしになる。ライムじいやマザーの母のような霊魂は、肉体と時の概念から解き放たれ、ある種ガラス細工のように嘘《うそ》のつけない存在となっていた。

その点、姉にまとわりつく『黒い男たち』は真逆の概念であると言えるだろう。

ジャンヌは結論づけた。

つまり、こいつらは生きている。生霊というやつだ。

本体となる人間たちは今もどこかで元気に心臓を動かし、丈夫な足で大地を踏みしめ、美食を楽しみ、夜になれば眠り、どこかでマリーズの一挙手一投足に注目しているのかもしれない。

ジャンヌは夕食のテーブルにつき、マリーズの背後のものを観察した。

(ふたり……三人……いや四人か？　正確な人数すらはっきりしないわね)

マリーズは鈴を転がすような声で、軽やかに言葉を紡いでいる。

「それで、ロッテンバルの東の方に、フランキスという土地があるでしょう？　あそこに住んでいるのが私たちの遠い親戚で……直接会ったことはないけれど、でも彼が私たちに一番近い男性らしいの。彼は今教師をしていて、妻が一人と子がふたりのごく一般的な家庭を営んでいるみたいよ」

鴨肉をかみしめながら、ジャンヌは姉の背後をじっと見つめていた。

「聞いているの、ジャンヌ？」

「ええ。その人がなにか」

ナイフで鴨肉を切り分け、皿の上でオレンジのソースをなすりつける。

「あなたか私、どちらかが結婚して男の子を産まなければ、次の爵位はその男のものになってしまうの。それをお母さまがたいそう気にしておいでなのよ」

「なら、姉さんが結婚すればいいのではないの？」

マリーズの周りを夢見ごこちにただよっていた靄が、ぴたりと止まった。

「爵位を継いで落ち着くまで、姉さんは結婚を待っているのかと思っていたわ。でも街の様子を見るかぎりガゼルは安泰だし、身を固めてもいいんじゃないの？」

「私の縁談、ことごとく破談になるのよ」

マリーズは残念そうに言った。

「もう三度目よ。相手を選んでいるうちに三十も目前になったわ。すでに結婚できるのはうんとお年寄りか、二度目の結婚の男よ」

ジャンヌは肉を咀嚼《そしゃく》した。そりゃあ、そんな気味の悪いものをくっつけていたら、まとまる縁談もまとまりはしないだろう。

ロッテンバル国の令嬢たちは、十八歳になったら社交界デビューし、だいたい五年以内には結婚して家を出る。マリーズはその間に弟と父親を亡くし、家督を継ぐほかなく、舞踏会に行く余裕すらなかったのだ。縁談はあるにはあっても、マリーズ自身がたいそう忙しく、ガゼルを任せられるほどの男はなかなか現れない。運に見放されたといってもよかった。

黒い男たちは安堵《あんど》したかのようにその体を広げると、マリーズの左手にあつまった。結婚指輪のはまっていない彼女の指が、よほど愛おしいらしい。

「思ったんだけど、その親戚とかいう教師の男がまだ適齢期なら、妻と別れさせて姉さんと結婚するって方法もとれるんじゃない？　二度目の男しか選べないならそれが確実だと思うんだけど」

靄はハリネズミのように四方八方にとがりだした。

(面白い。言ってみただけなのに)

マリーズは冗談じゃない、とばかりにくちびるをとがらせる。

「嫌よ。お母さまが人をやって調べさせたけど、ひどい酒浸りらしいの」

「言ってみただけ。それに夫婦の仲を引き裂くのは、今のロッテンバルではあることないことでっちあげないとできないと、本を読んで知っているし。でも、できないこともないみたいだから提案しただけよ」

黒い男たちはジャンヌの発言に気が気ではなかったようで、とがらせた身体《からだ》をジャンヌの鼻先に向けた。

ジャンヌがかみついてやろうとしたので、靄は引っ込んだ。

「どうしたの？　骨が残ってた？」

「骨まできれいに食らいつくしてやろうとしたの。骨があればの話だけど」

彼らをねめつけ、音をたてて手の甲でくちびるをぬぐいとった。ジャンヌの威嚇行動は男たちに伝わったのか、小さくなって姉のそばをただようだけだ。

「お行儀が悪いからやめなさい。まったく、先が思いやられるわね」

「先？」

「あなたに頼みごとができたと手紙に書いたでしょう」

「書いてあったわね」

「だから、あなたが結婚して私の代わりに男の子を産んでほしいのよ」

「は？　私は断るわ」

姉の申し出に、ジャンヌは素っ頓狂な声をあげる。

冗談じゃない。結婚して男の子を産むまでがんばらなきゃいけないなんて、その間処刑場にも自殺の名所にも打ち捨てられた廃墟《はいきょ》にも行けないなんて、ごめんこうむる。ようやく修道院を出たばかりだというのに、出産の痛みでうっかり死んだらどうしてくれるのだ。やりたいことをやったあとならまだしも、志半ばで死にたくない。

「本気で断るわ、姉さん。私の本気は本気よ」

「なにを言っているの。あなたがあのままシスターになれると思っていたの？　言っておくけど、聖マリアナ女子修道院からはあなたへの苦情がたんまりと届いていたわよ。あなたみたいな子がシスターになったらこの世は終わりでしょう。誰の手本にもなれないわ」

「袖の下をしっかりもらってるからといって、なんでも姉さんに報告することないのに

……」

「袖の下ではなく、寄付金と言いなさい」

「だいたい私はシスターにかぎらず、どこかの奥さんにだっておさまるわけないわ」

「幽霊が見えるとか、人の死期がわかるとか、まだおかしなことを言っているんですってね」

「本当に見えるもの」

マリーズは嘆息した。

「いい加減、そういうのはやめなさい。あなたの趣味を否定するつもりはないけれど、お母さまが感じやすい人なのは知っているでしょう。あなたが修道院に入れられたのだって、半分はお母さまを落ち着かせるためなのよ」

そしてもう半分は、悪魔祓《ばら》いのためである。この子には悪魔が取り憑《つ》いてるに違いないと母が声高に叫んだからだ。

しかしジャンヌに悪魔が取り憑いているわけではない。本当に死者が見えるし、人の死期がわかる、そしてただ単に死人を降霊できるだけなのである。

「では姉さんは、私がアロイス兄さんの死を予言したことも、でたらめだっていうの？」

マリーズは一度口をつぐんだ。

「アロイスのことは、この家ではしゃべってはいけません」

「どうして？」

「それこそお母さまは息子をなくした悲しみから立ち直っていないの。彼の名前も思い出もすべて禁句よ。この家にいる限り、それは守りなさい」

「……わかったわ」

ジャンヌはおとなしく引き下がった。いたずらにアロイスのことを持ち出して、面倒なことになっても困る。

それに、姉の背中にうごめく黒い男たち。彼らをどうにかしてからでないと、どんな魅力的な心霊スポットにも落ち着いて臨めないというものだ。

「とにかく、あなたには私のかわりにお見合いをしてもらうわ。まだ十七歳だもの、きっと申し込みはごまんとくるはずよ。今からあなたの付き添いで舞踏会へ行くのが楽しみね」

マリーズはデザートのケーキにフォークを入れて、満足そうに言ったのだった。

＊

「あの子は帰ってきたようですね」

長女マリーズ、次女ジャンヌ。二人の個性的な娘を産み落としたクーロン家の母、デボラ・クーロンは眉をひそめてそう言った。

お屋敷《やしき》のパーラーにはマリーズとデボラ。観劇の後にくたびれて帰ってきたデボラのために、マリーズはあたたかいお茶とオレンジのケーキを用意させて待っていたのである。

「お芝居はどうでしたの？　お母さま」

「とっても退屈」

「人気の演目ではなかったようですものね」

それでも母の気晴らしになればと思い、チケットを手配させた。しかし、気が晴れるどころかむしろ余計に重たくなって帰ってきたというわけだ。気の合わない娘の帰省は、デボラの心をひどく暗澹《あんたん》とさせた。

「それよりもジャンヌは？」

「ええ。つつがなく帰ってきました。お見合いの話もしましたわ」

「あの子はなんて」

うそをついてもすぐに真実は伝わる。マリーズはそっけなく報告をした。

「本人は、結婚は嫌ですと。でも拒否権はありません。私が当主ですもの。あの子は私の命令に従うほかないはずよ」

「また悪魔じみたうわごとを言っていたのではないでしょうね」

マリーズはほほえむだけで、何も言わなかった。それを答えだと察したデボラは嘆いた。

「いつからああだったのかしら……まったく気が付かなかったわ。乳母がよくなかったのかしら。あの子の教育に失敗したとわかったときにはクビにしたけれど、きっと遅かったのね。修道院でもあのおかしな虚言癖が治らないなんて！」

ロッテンバルの貴族たちは、産みの母親に養育されることはほとんどない。子どもたちは乳母が育て、ある程度大きくなれば家庭教師が教育者に加わることになる。

乳母によれば、ジャンヌは以前から何もない空間に向かっておしゃべりしたり、ずいぶん前に亡くなった祖父を「青い」と表現したりした。パステルの染料で染めた青い服を身に着けているせいかと思ったそうだが……。

ふしぎと、ジャンヌが「青い」と言った者たちは次々と命を落とした。祖父も、父のクリストフも、そしてアロイスも。

青はジャンヌにとって死を呼ぶ色である。ガゼルの娘としてあるまじき感性だ。

「あなたもアロイスもよくできた子だから、まさかジャンヌがあんな子に育つだなんて思いもよらなかったわ。ああ、アロイスさえ生きていてくれたら。酒浸りのろくでなし男に、この家も土地も財産も、なにからなにまですべて奪い取られるかもしれないなんて、そんな心配しなくてすんだのに！」

「アロイスは……」

言いかけて、マリーズは言葉を呑《の》み込んだ。

死んだ子が生きている子よりかわいく思えるのは、母親ならばよくあることなのだろう。

デボラは食欲がないようで、ケーキの皿を指先で遠くに追いやった。心得た使用人がすかさず皿を下げにくる。

「ジャンヌのお見合いも、成功するとは思えない。たとえ良い出会いがあったとしても、あの子の性格では大抵の男性は御しきれないと断ってくるに違いありません。マリーズ、あなたの結婚だって……どうして決まらないのかしら、こんなに美しくて非の打ちどころのない娘だというのに。本当に嫌になっちゃう」

「ご期待に沿えず申し訳ありませんわ、お母さま」

マリーズはそつなく返す。デボラにとって娘たちは人生の足を引っ張る悪魔であり、亡くなった息子と夫は至上の喜びを与えてくれた天使だった。

（これだからジャンヌに会わせるわけにはいかないのよね。あの子のことだから憎まれ口をたたいてお母さまを卒倒させるに違いないもの）

ジャンヌの味方をしてやりたい気持ちもあるが、マリーズはジャンヌを庇護《ひご》し、教育し、他家に出しても恥ずかしくない淑女にしなければならないのだ。母親に礼儀を欠く発言をするならば、とがめなくてはならない。

それも当主たるもののつとめである。

「計画通り、ジャンヌが結婚し男の子を産んでくれれば、その子を私の養子にします。そして爵位を継がせるのです。ジャンヌは私より十歳以上も若いし、きっと良縁が見つかるはずです」

「マリーズ。あなたは結婚をあきらめてしまったの？」

デボラの問いに、マリーズはあいまいにほほえんだ。

「良い人がいたら一緒になりたいと思っています、本当です。でも私はこのガゼルを統治する身。相手も慎重に選ばなくてはならないのです。ふさわしくない相手と結婚して、それこそ財産や所領を管理する権利まで奪われたら、民のためにもならないわ」

「そうだけれど……女性として生まれたからには、やっぱり結婚するのが一番でしょう。統治だなんてむずかしいこと、女の身で考えなければならないなんて。あなたがかわいそうでならないわ」

「私を想《おも》ってくれて、ありがとうございます。お母さま」

――でもね、よけいなお世話というものよ。

マリーズは言葉を付け足すことなく、そつのない笑顔を飾った。

「安心して、私は誰よりも女性らしく生きていく心づもりよ。まずはジャンヌの教育を私に任せて……今すてきな花嫁学校を選んでいるところなの。あとでお母さまの意見も頂戴するわね」

しわだらけの母の手を、マリーズは励ますように握ってみせた。

＊

蠟燭《ろうそく》に火を灯《とも》す。甘い匂いがただよった。

「香り付きか、臭いわね」

ジャンヌは顔をしかめた。

青い瞳に、揺らぐ炎をうつしとる。ジャンヌはマッチを引き出しにしまい、自室の窓から月がのぼっているのを確認した。

そしてトランクから古い手鏡を取り出し、ライムじいを呼び出した。

『ああ、懐かしきクーロン家のお屋敷！　じいは感激しておりますぞ。私のお仕えした三代目ご当主クレマン様のときから変わらぬ堂々たるクーロン伯爵家邸。お仕えした二百年の歴史！　なんとすばらしいことか！』

「私にとっては、犬のぬいぐるみつきの少女趣味の部屋にしか思えないけど」

つまらなそうにぬいぐるみの鼻先をつかむジャンヌ。ライムじいはその手でぬいぐるみを枕に横たえさせた。

『犬には親切に接してください、ジャンヌお嬢さま。与えた愛情を何倍にもして返してくるのが彼らの特徴ですので』

「まあ、私も犬は嫌いじゃないけど。ライムじい、わかってるんでしょ。私があなたを呼び出したのは退屈しのぎでも久々の実家を楽しんでいるからでもないってこと」

　ライムじいは――もとい、鏡の前のジャンヌは、真剣な表情になる。

『マリーズお嬢さまに取り憑《つ》いているものの件ですかな』

「ライムじい。あの黒い男たち、なんなんだと思う？」

『ジャンヌお嬢さまの見たての通り、生霊で間違いないでしょう。問題はそれが誰なのかです』

　マリーズの見合いがうまくいかないのはあの生霊が原因で間違いない。

　もしジャンヌが生霊を片づけることができたなら、きっとお見合いは成功し、マリーズにもじきに夫ができる。

　そして彼女が男の子を産めば……。

「結婚という地獄への片道切符を手放すことに、みごと成功する！」

『ジャンヌお嬢さま、なにも結婚が地獄ゆきと決まっているわけでは……』

「結婚なんてして、子どもなんて作ってみなさい。おっきなおなかじゃ処刑場にも刑務所跡地にも戦場跡にも行けやしないわ！　しかも男の子を産むまでずっと大きなおなかを保ってなきゃいけないのよ。ひとり産んで当たり前、ふたりか三人はできたらスペアがほしいとか、ふざけたことまで言われるのよ。私が今まで読んだどんなくだらない恋愛小説よりもおぞましい人生になる……！」

産んだ後だって、自分が元気でいられるとは限らない。女子修道院には、母親が亡くなった子が預けられることもめずらしくなかったのだ。出産は命がけで、生きていられたとしても母親が健康を保っていられるかは運頼みだ。

万が一のことがあれば、歴史研究家になるという夢は、あきらめて捨ててしまわなければならない。

「そもそも結婚してお母さんになるのが夢なんていう子は腐るほどいるのに、なんでよりによってそんなものを望んでない私が役目を背負わなくちゃならないのよ……意味がわからないわ……」

マリーズが結婚を望んでいるにもかかわらず相手が決まらないのであれば、妹として手助けしようではないか。

「ライムじい、姉さんに取り憑いている生霊を協力して追っ払いましょう。そして姉さんは結婚して、私は自由の身。これがもっともクーロン家のためになることよ」

『そうですね。ジャンヌお嬢さまが望まぬ結婚をするのはじいも遺憾であります。ここはじいにお任せください。生霊を飛ばしている犯人はきっとマリーズお嬢さまの近くにいるはずです。じいが調べてまいります。クーロン家のお屋敷のことは、知り尽くしておりますゆえ』

「頼んだわよ、ライムじい」

ジャンヌは目を閉じ、鏡を伏せた。

そこにいるのはジャンヌ・クーロンではない。

『さて、まずは近場から下調べとまいりましょう』

ジャンヌの体を借り受けたライムレット・ジョルダンは、蠟燭を燭台《しょくだい》にうつし、立ち上がった。

＊

ライムじいは足音をたてぬよう、廊下を突き進んでいた。

（あの生霊たちは、マリーズお嬢さまへ恋慕の情を抱いているようでした。一目ぼれにし

てはあまりにも重たい。きっとお嬢さまとつながりを持っていたはずです）

そして、生霊になっているということは、そのつながりは断ち切られたのだろう。未練が思念となり、マリーズに取り憑いているのかもしれない。

手掛かりが、必ずあるはずである。

クーロン家にとって、書斎は特別な場所だった。土地や権利の契約書だけでなく、使用人たちの給与台帳もおさめられていたので、掃除メイドも出入りを禁じられており、ここだけは執事がみずから掃除をしていた。

そのため、当主はすべての秘密を書斎に隠した。

浪費や借金、浮気や愛人にいたるまで。執事は当主と秘密を共有し、どんなときでも一心同体であった。

書斎には鍵がかかっているが、執事はスペアの鍵を管理している。秘密の鍵箱のありかは当代の執事しか知らないはずだが、ライムじいの手にかかればそんなものは秘密でも何でもない。

（二百年前から変わらず、鍵箱のありかはワイン倉庫ですか。いやはや、今回は助かりましたが、定期的に場所を変えたほうがいいでしょうな）

古びた鍵を鍵穴にさしこみ、ライムじいはいとも簡単に書斎に足を踏み入れた。

『これもすべては御身をお守りするため。失礼いたしますぞ、マリーズお嬢さま』

天井まで延びたオークの本棚に、たてかけられた揃《そろ》いのはしご。

窓を背にした位置にあるのは大きな執務机に、枝付きの燭台。ペン置きとインク壺《つぼ》。

ライムじいはまず机の引き出しをあさった。もちろんこれにも鍵はかかっていたが、スペアキーのおかげで何なくひらいた。

両袖机の引き出しには、どれもこれもたいしたものはおさまっていなかった。左側の引き出しはほとんど空である。

『おや』

右上の引き出しに、ようやく中身が入っていた。予備のインクやペンのほかに、見覚えのある封筒である。聖マリアナ女子修道院の配給日で、少女たちの手元に渡る品だ。指定の便箋と封筒以外の品で手紙を書くことは禁じられていた。

『これはこれは。ジャンヌお嬢さまが修道院で書いていたお手紙ですな』

ジャンヌにこまめに手紙や本を送っていたのは、母のデボラに内緒にしていたのだろう。ジャンヌからの返信も引き出しに隠していたのか。

しかし、これでは黒い男たちの手掛かりにはならない。

『もう少し探してみますか……』

ライムじいは書棚のはしごに足をかける。書棚の一番上、端から三つ目。ここに差しこまれているケース付きの事典には秘密がある。

『やはりありましたか。今も昔も変わりませんな』

ケースを取り外すと、たしかに事典が現れる。しかし表紙をめくれば、それはただの本型の小物入れであった。昔は本が手に入りづらかったので、レプリカの本がよく流通した。びっちり書棚が埋まっているのが見栄えが良いとされていたので、たとえ中身のない本の模型であっても需要があったのである。

『こちらには何も隠されていませんか……』

ここには秘密の恋人からの手紙を隠すのが定番だったが……。ライムじいは隠し金庫や初代クーロン家当主の胸像まで、書斎をくまなく探し回った。

『ジャンヌお嬢さまのお体はお若いとはいえ、さすがに疲れてまいりましたな。どれ、休憩を……』

ライムじいは椅子に腰をかけようとして、盛大にすっころんだ。

『大事なお嬢さまのお体が。鼻がすりむけてしまいましたぞ。大変申し訳ありません』

敷物《しきもの》が不自然に盛り上がっていたのだ。それによって均衡を崩し、床に体を打ち付けてしまった。

ライムじいは、カーペットをめくりあげた。

『なんと』

カーペットの下には、いくつもの便箋や封筒が隠されていた。まっしろく広がったその光景に、ライムじいは目を丸くした。

手紙箱や空いている机の引き出しはあるのに、なぜ床に……。

手前の一枚を手に取ってみる。

【マリーズ 愛してる。これほど好きになった女性はほかにいない】

恋文のようである。

『マリーズさま、良いお相手がすでにいらっしゃったということですかな……？』

それにしては、手紙の保管場所がカーペットの下など、いかにもおかしいが。

【マリーズ、海の見えるすてきな別荘地で、君と一緒に暮らしたい】

【マリーズ、すでに家は購入したよ。君の好きな花を植えさせようか。今、寝室を整えている最中だ。君の好きな青を取り入れよう】

【マリーズ、君から返事がこないのはきっと忙しいからだね。僕はわかっているよ、理解のある恋人だからね】

【マリーズ、君の好きなものを贈るよ。なんでも僕におねだりしてくれて構わない。それ

で君の心が手に入るならお安いものさ】

【返事をしてくれ。たったひとことと、手紙を書くだけだ。なにをそんなにぐずぐずしている？】

【なんで僕を無視する？　もしかして他に男ができたのか？】

【男がいるんだろう。僕を裏切ったんだな。他の男に色目を使いやがって】

【絶対に僕と結婚しろ。マリーズ、お前にそれ以外の道などない。僕と君は運命が結び付けた相手なんだ。運命には誰もあらがえない。マリーズ、愛している】

【まさか他の男と結婚するつもりか？　この僕がいるというのに】

【とんだ裏切り者の尻軽女だ、お前は。自分のしたことをわかっているのか？】

【お前を——してやる。どんなに泣いて叫んでも許さない。——して、反省したとしても、僕は——をさせる。それから——を——で——……】

ライムじいは思わず腰を抜かした。これ以上見たら脳みそが毒されそうである。

手紙はいかにも勢いにまかせて書きなぐったかのような、インクがはねて無様な様子だ。

『これはおそろしい。こいつが生霊の正体とみてほぼ間違いありませんぞ。ああ〜おそろしい。これはひどい』

十字を切ろうとして、ライムじいは思いとどまった。

『いかんいかん。じいの方が片付いてしまうところでした』

ライムじいは落ち着いて手紙を拾い上げる。

『差出人は書いてありませんな。封筒にもそれらしきものはなし……マリーズお嬢さまはこの手紙の相手にお心当たりはあるのでしょうかな』

ライムじいは手紙を机に広げ、まじまじとながめた。筆跡を見るに、送り主は同じ人物のようだ。

『なにか手がかりは……この別荘地とはどこなのでしょうか。具体的な地名は……いかんせん老眼が……いや、気のせいでした。ジャンヌお嬢さまのお体に老眼は早すぎますぞ』

ライムじいが手紙を遠くにやったり近くにやったり、懸命にまばたきをしていたその時であった。

「なにをしているの、ジャンヌ」

糾弾するようなマリーズの声が響いたのである。

ライムじいは飛び上がった。

『マ、マリーズお嬢さま』

「人の書斎に忍び込んで手紙をあさるなんて、良い趣味ね。修道院で泥棒のやり方でも習ったのかしら？」

『こ、これにはわけが……はっ！』

体にはりつくような薄い夜着姿のマリーズに、ライムじいはうろたえる。

『マリーズお嬢さま、そのような恰好《かっこう》では、いくらじいとて目のやり場に困りますゆえ、なにとぞガウンをお召しになってはいただけませんか』

「あなたはいったいなにを言っているの？　女同士なんだし気にすることもないでしょう」

『じいはよわい七十の老人なのでありまして、でも見てしまうのは男のサガ！』

「は？」

『これは致し方あるまい、ジャンヌお嬢さま、あとはお頼み申し上げる！』

ライムじいは弱り切った声をあげると、ジャンヌの体から離れていった。

この最悪な状況で取り残されたジャンヌは、うんざりした声をあげた。

「ライムじい、あんた覚えてなさいよ」

＊

「座りなさい、ジャンヌ」

マリーズは椅子を手にすると、おぞましい手紙を椅子の脚でひきずりながら、ジャンヌのための席をもうけた。

「この……悪趣味な手紙のカーペットの上に座るの？」

「そうよ」

マリーズが有無を言わせぬ様子であったので、しぶしぶジャンヌは腰をおろした。

足元の手紙は愛と憎しみでいっぱいだ。ジャンヌが視線を床に向けていると、マリーズはぴしりと言った。

「顔を上げなさい。まず、聞きたいことがあるわ。あなたはなぜこの部屋に入れたの？鍵は私とモーリスしか持っていないはずよ」

「モーリスって誰？」

「この家の執事です。あなたが帰ってきたとき出迎えてくれたわよね？」

「生きている人間って、あまり興味なくて」

「覚えなさい」

「でも、姉さんのことなら興味があるわ」

ジャンヌは絹の靴で手紙のはしっこをなでた。

「私はそんな台詞で懐柔できないわよ」

「懐柔しようとなんて思ってない。そりゃ、私の結婚をあきらめてくれたらいいなとは思ってるけど」

マリーズは無造作に髪をかきあげた。

「私の質問に答えなさい。鍵はどうやって手にしたの？」

「ライムじいにとってきてもらったの」

「ライムじいって誰よ」

「ライムレット・ジョルダン。この家に二百年も前からいる、犬とおしゃべり好きの執事よ。いうなればそのモーリスって人の大先輩ね」

「うそをいうのも大概に……」

ジャンヌはまっすぐに窓ガラスを見つめた。そしてライムじいの魂を再びつかみとった。

『嘘《うそ》ではございませんぞ、マリーズお嬢さま』

ジャンヌの口ぶりが、彼女のものではなくなった。

『先ほどは突然失礼いたしました。目を閉じておりますので、どうかじいに発言の機会をお許しくださいませ。ジャンヌお嬢さまのおっしゃるとおり、このライムじいが書斎の鍵を頂戴したのでございます。なにせクレマン様の代から鍵の隠し場所が変わっていないものでして、じいにとってもここに忍び込むのは造作もないことでございました』

「ジャンヌ」

『ジャンヌお嬢さまはけして、マリーズお嬢さまを困らせようとしてじいにこのようなことを頼んだのではありません。マリーズお嬢さま、お気づきではないかもしれないですが、今マリーズお嬢さまは大変な状況でいらっしゃいます。背中は重たくありませんか。誰かから常に見張られているかのような、妙なお気持ちになることはございませんか？』

「…………」

マリーズの背中の靄《もや》がどんよりと重たくなる。

『ご自覚がおありのようですな』

「あなたは何者なの？」

『先ほどジャンヌお嬢さまからご紹介にあずかりました、ライムレット・ジョルダンと申します。お疑いになるならば右の書棚から使用人名簿を。私の名前も記載されているはずですぞ』

マリーズは、彼の言うとおりにした。歴代の使用人の名前を連ねたその名簿には、たしかにライムレット・ジョルダンの名前があった。

クーロン家の三代目当主クレマンに仕えた男で、クレマンと共に領地拡大に奔走した。当時のクーロン家にはライムレットの育てた五十四の番犬がおり、オオカミから人や家畜を守ったとされている。

『私はこのクーロン伯爵邸に人生をささげてまいりました。少々思い入れが強く、魂がこの地に残りましてな。そうしてジャンヌお嬢さまに出会ったのでございます。ジャンヌお嬢さまは、思念の強い死人をその身に呼び寄せることができる、特別な体質でございますので』

「死人を……」

なにかをいいかけて、マリーズはかぶりをふった。

「たしかに、ジャンヌはこの名簿のことを知ることができないはずね。ここは歴代当主とその執事しか入室を許されない場所だもの」

ライムじいは、大げさに右手をふりかぶり手紙を拾い上げる。

『この手紙の主は、おそらくマリーズお嬢さまを呪っておいでです。いや……手紙の主だけではない。マリーズお嬢さまには、男の生霊がわんさかついているのでございます』

「まあ、でも私の見立てだと、ひどいのはひとりね」

ライムじいの言葉を継いで、ジャンヌは腕を組んだ。

改めてマリーズと向かい合い、よくわかった。複数の男の思念を感じるが、わずかなものだ。強烈な執着心をもって姉を追いかけまわしているのは、おそらくたったひとりであろう。この手紙の送り主だ。

「姉さん、本当にひどいありさまよ。背中が真っ黒なの。少なくとも数人の生霊がついてるわ。勝手に書斎に入ったのは謝るけど、姉さんの縁談が決まらないのは十中八九その男たちのせいよ。だから私が、生霊を退治してやろうと思って――」

「縁談が決まらないのは、生霊のせいではありません」

マリーズはジャンヌの前に椅子を引くと、ゆっくりと腰をかけて脚を組んだ。

「断ってるの。私が」

「え……？」

「結婚したくないから、縁談はお断りしているの。お母さまはご存じないけれど、裏から手をまわして全部ご破算にしてきたの、この私がね」

ジャンヌは耳を疑った。

「でも、なぜか破談になるって、それで次のクーロン伯爵がいないから困ってるって、そういう話だったわよね？」

「そうよ。だって結婚したら今までみたいに男遊びできないでしょ。だからあなたを修道院から呼び戻した。あなたが産んだ子を私の養子にして次のクーロン伯爵にすればいい。私はあくまで中継ぎの伯爵ですからね」

マリーズは頬に手をあてて、困ったように眉をさげた。

「男の生霊？　そうね。ひとりやふたりじゃないかもしれないわ。私、女の幸せは結婚ではないと思ってる。どれだけ多くの男とスリリングな恋を楽しめるか、それに尽きると思うのよね」

「……は？」

「女に生まれたからには、あらゆる男を知ってから死にたい。結婚するまで貞淑を守って、夫ひとりに心も体もささげるなんて、そんな退屈な生き方できるわけないでしょ！　めぼしい男は全員抱いてきたわ。町ひとつぶん、男を味見したところで私の欲求はおさまらなかった。これは一過性のものではないのだわ。こうなったらとことん『女』を満喫してやる……いつかは外国でハーレムを作り、世界中のいい男と暮らすのが私の夢なのよ」

「…………」

ジャンヌはライムじいに呼びかけたが、彼は応えることができないようだった。あまりのショックに失神したらしい。

マリーズの背中の生霊はずんと重たくなる。マリーズは咳《せ》き込み、ふらついたが、椅子にしがみつくようにして体勢を立て直した。

「大丈夫？　姉さん。その生霊は嫉妬の感情でひどく取り乱してるみたいなんだけど」

「ええ。男性と会うだけで背中が重たくなるの。疲れているせいかと思って、少しの間お楽しみは控えようと、恋人たちとは別れたわ……」

しかしそれで納得する生霊ではなかったらしい。マリーズの目標がハーレムを作ることなのだから、一時的に男を切ったからといって安心はできないだろう。

「その手紙をよこしたのも、正直誰だかわからないの。一夜限りの相手かもしれないし、少々長続きした男かもしれないし……私、ひとりとまじめにお付き合いするってできないの。何回か抱いたら飽きるのよ。一番続いたのでひと季節くらいかしらねぇ」

「……そのうちの誰かが、手紙をよこしたと？」

「たぶんね。手紙は、暖炉に入れて燃やしてしまおうと思ったの。一か所にまとめておいたらモーリスがやってきて、あわててカーペットの下に押し込んでいたのよ」

執事のモーリスですら、この秘密を知らないということか。

「ちなみに、警察に相談しようとかは」

「スキャンダルは避けたいわ。そのためにガゼルで男遊びはしないようにしてきたのよ。街での私は優しく完璧な女伯爵。その顔にみずから泥を塗るつもりはないの。でも完璧でいるためにはそれなりの息抜きは必要なのよ」

つまり、姉は『完璧な女伯爵』でいるための憂さ晴らしをするために、どこかで派手に男遊びを繰り返し、結果、不特定多数の男から恨まれていると。

そしてその後始末を、妹の自分にさせようとしていると。

「何その話。なんで私が姉さんの尻ぬぐいをするはめになるのよ。たしかに退屈ではないけれど、胸糞《むなくそ》が悪いわね」

「ジャンヌ。淑女が『胸糞が悪い』などという言葉を使ってはいけないわよ」

「姉さんに淑女がどうとか言われたくないわ」

ジャンヌは気味の悪い手紙を踏みつけにして叫んだ。

「冗談じゃない！　私だってかなえたい夢がある。ハーレムを作るなんていうものより、もっと崇高な！　歴史研究家になって、ロッテンバル中を旅して、いろんな死人と出会って歴史の真実を知るという！」

「やっぱり私たち姉妹なのねえ。探究心のかたまりじゃない。私はまだまだ男を知っていきたいわ」

「低俗な姉さんの趣味と一緒にしないで」

ジャンヌは信じがたい気持ちで姉を見つめた。

こんな……完璧な女伯爵であるはずの姉がこんな放蕩《ほうとう》者であったとは……。

「ライムじい、大丈夫？　息してる？」

『呼吸はとっくに止まっておりますが、なんとか魂は戻ってまいりました。いやはや』

ライムじいはまばたきをして、ジャンヌの額に手をあてた。

『マリーズお嬢さま。お嬢さまの趣味や夢は、このさい置いておくとしましょう。じいも一度は死んでこの世のしがらみから解き放たれた身、うるさいことは言いますまい。しかしながら生霊だけは早急にどうにかせねばなりません。このままではマリーズお嬢さまは呪い殺されてしまいます。すでにお体に異変がおありでしょう』

「平気よ。私はいたって健康で……」

『失礼ながら夕食も残しておいででしたし、ケーキも一口召し上がられただけでしたね。しかもマリーズお嬢さまだけ、ジャンヌお嬢さまよりもずいぶん少ない量の盛り付けでした。食が細くなっておいでのようですね』

「………」

『このような夜更けに我々の侵入に気が付いたのは、モーリスにばれないように手紙の処分をしなければならなかったことだけでなく、眠れなかったせいではありませぬか？』

マリーズは黙っている。

『男性との逢瀬《おうせ》を楽しむのもひとつの道かもしれませぬ。だがそれは健康な肉体と精神があってこそのものではございませぬか』

ライムじいは、淡々と言い聞かせるような口調になる。

真っ向から生活を正すように説教しないのが、ライムじいが執事として愛されるゆえんである。

「姉さん」

ジャンヌはまばたきをして、ライムじいと意識をとりかえた。

「このように、私は幽霊も見えるし降ろせるわ。生霊と会ったのは初めてだけど、ライムじいや他の霊の力を借りて、姉さんを呪った犯人を見つけ出すこともできるかも」

「それで？」

「もし姉さんが私にこの件を任せてくれて、私がみごと姉さんについている生霊を祓《はら》うことができたら……私に結婚を強制したりしないと約束してほしいの。少なくともお見合いは受けたくない」

「できるの？　あなたに」

「生霊はとっちめたことないけど、今やれるだけやってみるわ」

ジャンヌは立ち上がり、マリーズの前で深呼吸をしてみせた。

彼女の背にへばりつく黒い靄《もや》をつかみとろうとする。靄は抵抗の意志を見せ、ばちばちと静電気を放った。ジャンヌは手を離さずに、それをつかみとったままだ。

ジャンヌの手のひらから、ひとりの生霊が溶けて消えた。そしてまたひとり。

手ごたえのない小さな思念なら、無理やりに除霊することができるかもしれない。

「離れろこの……！」

ジャンヌが力をこめると、書斎の本がひとりでに揺れだした。突風がうなりながら窓を突き破り、ガラスの破片が床に散った。

「ジャンヌ!!」

マリーズはジャンヌを抱きしめる。風はふっと息をつくようにやみ、ただしんとした静寂だけが広がった。

「もういいわ、あなたに力があるのはよくわかった。これ以上はあなたが怪我《けが》をしそうだからやめなさい」

「大事な花嫁候補に、顔に傷でもついたら大変だから？」

「あなたのかわいい顔に傷がついたら大変だからよ」

マリーズはジャンヌの白い頬を撫《な》でた。

「……まだ大きいやつは、残ってるわよ。そのひとりが強力だわ」

きっとマリーズにおぞましい恋文を送り続けた男だろう。ここまで彼女に固執するのだから、そう簡単には祓えない。

「わかりました。あなたの結婚の件、考え直すわ。たしかに私があなたの立場だったら納得いかないはずだもの。ただしあなたが、私についている生霊とやらをきちんと祓うことができたならね」

『マリーズお嬢さま！　そのお言葉、きっとですぞ。大船に乗ったつもりでじいにお任せくださいませ』

「それで、姉さん。姉さんのほうで生霊に心当たりはある？　その『ひと季節長続きした男たち』の身元が分かるとありがたいんだけど」

「私は、ガゼルでは男遊びをしないと決めていました。どんなにいい男を見かけたとしてもね。ここでは完璧な女伯爵でいなければならない。誰が見ていて、誰がお母さまの耳に私のふしだらな噂《うわき》を耳に入れないとも限らないでしょ」

マリーズが男遊びをするときの「狩り場」は決まっていた。海をのぞむ別荘地サールである。

「なぜそこを狩り場に？」

「山の男も海の男もどっちもつまめるからよ」

林業を営む男たちはもちろんのこと、サールからそう遠くない位置に港があり、若い漁師がよく流れ着く。彼らは女性との出会いを求めてサールの酒場によくやってくるのだという。

「たくましい肉体の魅力的な男たちであふれかえっているの。あなたも興味が出てきた？　ジャンヌ」

「いえ。海は霊が多いのでやりがいがありそうだと思っただけ」

ジャンヌは椅子に座り直し、マリーズにたずねる。

「ということは、姉さんの恋人たちはそのサールという場所の男たちに限定されるということね？」

「そうよ。サールはあなたも行ったことがある場所なのよ、ジャンヌ。あなたは小さすぎて覚えていなかったかもしれないけれど、お父さまのご友人の別荘がサールにあったの。私たち家族で遊びに行ったこともあるのだけれど、覚えてない？」

「まったく」

「まあ、あなたが修道院に入る前の話ですからね」

サールに出入りしている男たちの中に、マリーズを呪った相手が居る……。

ライムじいは、ジャンヌの顔で難しそうな表情をつくる。

『山の男はともかく海の男は移動している可能性がありますな』

「いや、これだけ執着しているくらいだもの。移動しているとしたら姉さんの方にまっすぐ向かっているはずだわ。でも手紙を送ったまま、屋敷《やしき》には乗り込んでこない……きっとサールに潜伏しているはず」

『なるほど。逢瀬の場所に固執しマリーズ様を待っている……たしかに手紙にも「別荘」という言葉がありましたしね』

　マリーズは感心したように言った。

「不思議ね。本当にジャンヌの体にふたりの人間が入っているみたい」

「本当に私の体にライムじいと私のふたつの魂が入っているわ」

「ねえ、死んだ人なら誰でも降ろせるの。たとえば……」

　言いかけて、マリーズは口をつぐんだ。

「アロイス兄さんのこと？」

　この家でアロイスのことは禁句とする――。マリーズの言葉を思い出した。

「それは……」

「そういえば、アロイス兄さんをまだこの屋敷で見ていないわね。アロイス兄さんがこの世に未練を持っていて、彼を呼び出せそうな遺品があれば、呼びだせなくもないけど」

　ジャンヌはあたりを見わたした。

「アロイス兄さんの使っていた部屋を見せてもらっても？」

「その必要はないわ」

マリーズはぴしゃりと言った。

「私が会いたかったのは、クリストフお父さまよ。爵位を継いだのだから、お父さまからなにかアドバイスをもらえたらと思っただけ……」

「どうせ真面目に結婚しろとしか言わないわ」

ジャンヌの言葉に、マリーズは肩をすくめる。

「それもそうね。では、会いたい人などいないわ。だいたい死んだ人には本来二度と会えないのだからそれが当然でしょう」

マリーズは立ち上がった。

「生霊の件、あなたに任せてみるわ。その間はお見合いもなしにしてあげる。期限を設けましょうか。半年で私の体調が回復しなければ、そのときはあなたにお見合いしてもらいますからね」

「もともとは姉さんの男癖の悪さが……」

「この家の当主は私よ。誰が何と言おうと私の決定には従ってもらいます」

なんと横暴な。ジャンヌはくちびるをとがらせる。

「なんとか言ってよ。ライムじい」

『かしこまりました、マリーズお嬢さま。ジャンヌお嬢さまにチャンスをくださったことに感謝いたします。じいから申しますのは、今後は火遊びはほどほどに』

「ちょっと、ライムじい」

『ジャンヌお嬢さま。もしこのままマリーズお嬢さまが呪い殺されてしまうようなことがあったらどうします。ジャンヌお嬢さまの両肩にクーロン家の未来がのしかかってくることになりますぞ』

「それは……」

歴史研究家になるどころの騒ぎではなくなる。花嫁学校に入るなどという余裕すらなく、次の爵位を継ぐという親戚の男と結婚しなければならなくなるかもしれない。デボラがクーロン家をあきらめるとは到底思えないし、それなりの手段を講じることだろう。そして男の子を産むまでの地獄が始まるのだ。

『この問題を解決できるのはジャンヌお嬢さまだけ。ご納得できないお気持ちは重々承知しておりますが、今は目の前の問題を取り除くことを考えましょう。うまくいけばジャンヌお嬢さまの思い通りの将来が手に入るわけですし』

「なにをひとりでこそこそ言っているのよ」

マリーズの言葉に、ジャンヌは咳払《せきばら》いをした。

「いいわ。私、サールに向かいます。それで姉さんの恋人たちをあたってみるわ」

「お願いね。サールには、最近別れた恋人たちが五人います。その五人をあたってみるのがきっと近道だわ。でも、くれぐれも無理はしないこと。怪我をするようなら家に戻ってもらいます」

——ひと季節続いただけで、五人もいるのか。姉さんって体がいくつあるんだろう。

ジャンヌは気が遠くなりそうだった。

「姉さんはその中に犯人がいると？」

「わからないわね。でも手がかりが何もないよりはましでしょ？」

マリーズは引き出しをあけ、すらすらと何かを書き取りはじめた。

「これが、最近別れた五人のお気に入りの情報よ」

姉の走り書きを手に、ジャンヌは言った。

「やってみせます。姉さんにへばりついている生霊を一人残らず祓ってみせる」

ジャンヌは荷造りにとりかかるため、書斎を飛び出した。取り残されたマリーズは「落ち着きのない子ね……」と床に落ちた怪文書をとりあげ、引き出しの中にしまいこむ。

「肩、久々に軽いわ。あの子、ひとりくらいは祓ったのかもしれないわね」

彼女のなにげないひとりごとは、夜風がさらっていってしまった。

第二章　では的確な言葉を使うオーガスティン、行くわよ。

川のせせらぎが聞こえてくる。

まぶしいまでの太陽の光が、しっとりとした土と、柔らかな緑を照らしている。飛び交う白い蝶《ちょう》。摘み取った花をいじくりまわして、小さなジャンヌはなんてことないように言う。

「幽霊なんて、別に怖くないわ。ただ死んでるだけよ」

「でも……」

ジャンヌのそばで、べそをかいているのは男の子だ。彼女よりひとまわり大きいくせに、情けなく洟《はな》をすすっている。

「でも、ずっとこっち見てるし、怖いよ」

「見てるだけで何もしないでしょ。台所にいる虫と同じよ」

「あれだって、てかてかしてて怖いよ！」

「大げさ。怖がりな子って損ね。なにも楽しめやしないんだから」

ジャンヌは宙に向かって花を差し出した。

「ねえ、このあたりであなたみたいな人がたくさん居る場所に案内してよ。誰か一人くらい面白い話をしてくれるでしょ？」

幽霊は、困った顔をしてジャンヌを見る。幽霊の中でも話ができる者とそうでない者がいる、というのは最近ジャンヌが学んだことである。その幽霊が生前大切にしていた遺品があれば、それをよすがに会話を試みることもできるのだが——。

「やめなよ、ジャンヌ。そんなやつに話しかけたらだめだ。誰か大人を呼ぼうよ」

「生きている大人の方がよっぽど怖いわよ」

ジャンヌは腰に手を当てて、憤慨する。

「やめてよ、——。私の邪魔しないで。せっかく新しい幽霊と出会ったんだから……」

「——ジャンヌお嬢さま。お目覚めの時間です」

扉を叩《たた》かれ、ジャンヌは石のように重たいまぶたを、無理やりこじあけた。

夢を見ていた。あの男の子はいったい誰だったのだろう。

「ジャンヌお嬢さま」

「今行くわ」

ジャンヌはぼうっとしながらあたりを見まわした。青い花模様の壁紙に、揃《そろ》いのソファ。パステルブルーの少女趣味の部屋である。指先がなにかやわらかいものに当たった。子犬のぬいぐるみが、くたりとへばっている。

そういえば、自分はクーロン家に帰ってきたのだ。

ベッドから抜け出し、身支度のために続き部屋に入る。しかつめらしい顔のメイドが直立不動でジャンヌを待ち構えていた。

「朝食はみなさんで召し上がられますか？」

「ベッドに食事を運んでもらえるの？」

「いいえ。それが許されているのはマリーズ様だけです」

じゃあなんで聞いたのよ——と思いながら、ジャンヌは口を閉ざした。彼女が余計な会話を試みるつもりがないことがわかると、メイドはむっとしながらジャンヌの前に洗面器をよこした。

顔を洗い、したたるしずくを拭き取ると、すみやかに髪にブラシをかけられる。

「デボラ様とマリーズ様が、朝食を召し上がられています。お着替えの後に移動を」

「わかったわ」

「午後からサールに向かわれるとのことですね。お支度を手伝いますか？」

「あらかた物は詰めたわよ」

「ドレスやお化粧品は手つかずのようですが」

「そんなものいらないわ。修道院にいた時に使っていた服があるから」

「いけません。そんなことでは舞踏会や晩餐会《ばんさん》でのふるまいを学ぶことはできません。コラール先生に手ほどきを受けるのにそのような」

「コラール？　誰よそれ」

「………」

よくよく考えれば、ジャンヌがサールに向かう理由をマリーズが正直に言うはずがない。抜けそうなほど髪を引っ張られ、大げさな髪飾りで留められる。

「コラール先生に関しては、マリーズ様からいまいちどご説明を受けられませ。まだジャンヌ様は寝ぼけていらっしゃるようですので」

「ええ、そうしたほうがいいみたい」

ジャンヌは抜け落ちた毛を見おろして、舌打ちをした。

＊

「ジャンヌ、あなたから言い出したそうね。あのコラール先生に教えを受けたいと。殊勝な心がけですよ」

デボラが浮ついた声をあげている。

だからそのコラールは何者なのだ。マリーズに目配せすると、彼女は食後の紅茶に口をつけながらほほえんだ。

「コラール先生は大変厳しい方ですから、叱られて当たり前だと思いなさい。でも大人気の先生なのよ。ダンスや礼儀作法は完璧になるはずだわ。よかったわね、たまたま避暑の季節で、先生は教え子のご令嬢たちとサールにいらっしゃって」

コラールというのは、社交界デビュー前のご令嬢たち御用達《ごようたし》の敏腕家庭教師らしい。

その辛辣な口調と手段を選ばないやりくちで、幾人ものご令嬢を一人前のレディに仕立て上げてきたのだという。

「ロッテンバルいちの花嫁学校とうたわれる、コラール女学校の校長を長らくつとめていらした厳格な方よ。王女様ですらコラール先生がご指導なさるんですから」

「…………」

――まさか本当に、そのコラールとか言う人のレッスンを受けなければならないわけじゃないわよね。

ジャンヌがもう一度目配せをするが、マリーズは一切答えない。

デボラはマリーズの言葉にうなずきながら付け加える。

「修道院から戻ってきたばかりのあなたをすぐに外に出すのは心配でしたが、コラール先生のご指導が受けられるならばと私も了承しました。サールに女子寮がわりのアパートメントがあるそうです。マリーズが借りてくれましたからね」

「あの、姉さん。用意がよすぎません？　私がコラール先生についておたずねしたのって、つい昨日のことでしょう？」

しらばっくれてたずねると、マリーズはほほえんだ。

「ええ。私が思った以上にあなたの意識が高くて驚いたのだけれど、あなたの指導をコラール先生に頼むのは、実は私の計画にあったのです。王都の花嫁学校に入れる手もあったけれど、修道院から出たばかりでまた集団生活をさせるのもね。もっとのびのびとした環境があなたには合っているかと思って」

ジャンヌは顔をひくつかせて、スープにスプーンを差し入れた。

デボラがあごに手をあてて、眉を寄せる。

「寝坊してまだのんびりとスープをすっている子に、コラール先生の指導なんて耐えられるのかしら」

「お母さま、安心なさって。きっとジャンヌは大丈夫ですよ。修道院はどんな花嫁学校よりも規律が厳しいんですから、そこで何年もやってきたこの子は将来有望です。少し寝坊してしまったのは、移動の疲れが出ただけでしょう」

「どうだか。この調子ではきっとコラール先生が合わなくて、すぐにこの屋敷《やしき》に逃げ帰ってくるに決まっています。他のご令嬢づたいに、ジャンヌのいたらなさが広まって、結婚に差し支えがでなければいいのだけれど。想像しただけで頭が痛くなってきました。私は下がらせていただくわ」

デボラが立ち上がり、部屋を出て行ってしまうと、すかさずジャンヌはたずねた。

「どういうことなの、姉さん」

「言葉どおりよ。サールに伝説の教師コラールという人がいるのは本当。アパートメントがていよく用意されていたのは当然でしょう。サールは私の狩り場よ。寝泊まりする場所はたくさん持ってるの」

「でも姉さんの寝泊まりする場所って男を連れ込む場所でしょう。女子寮でもなんでもないじゃない」

「あら、現在は女子寮よ。管理人や警備の者も雇っているし、身元の確かな使用人も周囲に住まわせて、厳戒態勢をしいているわ。言ったでしょう、しばらく火遊びはやめにすると。なら持て余している不動産は有効活用しないと」

マリーズは、ジャンヌが住む場所以外にもサールにやってきた令嬢に住まいを貸しているらしい。

貴族の令嬢たちのお家事情もさまざまで、格が高くても経済状況はかんばしくないといった家もめずらしくない。そういった家のご令嬢たちにとって、良い結婚は起死回生のまたとない機会だ。多額の入学金と授業料を払って花嫁学校に行くことはできなくとも、ひと夏とはいえ直接コラールの教えを受けるだけでも箔《はく》がつく。なのでこの夏、サールに向から令嬢たちは安くて安全な住まいを探していた。

「夏だけの授業を受ける子は、安価なアパートメントを探しているのよ。私の貸し出した物件はよそよりも高いけれど、安全性は保障するし、なにより女伯爵である私の持ち物なんだから安心でしょう。私は店子《たなこ》にお声がけしただけよ」

「この手紙を書いた奴がサールにいるかもしれないのに、女子寮なんて作って、危ないとは思わないの？　もし犯人が、姉さんではなく罪のない女の子たちを狙ったら――」

「狙うと思う？」

ジャンヌは腕を組んだ。

「……たしかに、それほど姉さんに執着しているなら、他の女の子に手を出そうとは思わないかもね」

　今でもマリーズの背後には、黒い男がへばりついているというのに。

　さっさと次の女性へ気持ちをうつすことができるならば、乗り換えればいいだけの話である。わざわざ屋敷に手紙を送りつけ、生霊まで飛ばす男が、それほど切り替えが早いとも思えない。

「それで、本当にコラール先生の花嫁修業って受けるわけじゃないわよね？」

「あら、受けるのよ」

「どうしてよ」

「あなた、自分の言ったこと忘れてない？　私の生霊を祓《はら》うことができたら、あなたは花嫁学校に行かなくてもいいし、お見合いもしなくてもいいの。つまり、生霊がまだへばりついている今は、あなたは花嫁修業をしなくちゃいけない立場だということなのよ。なしになったのはお見合いだけ」

「そんな」

　ジャンヌは絶望的な面持ちになる。

「いつもしかめっ面のあなたも、そんなに悲しそうな顔できるのね」

　マリーズはなめらかに続ける。

「コラール先生に承諾いただくの、大変だったのよ。あなたをこの家に迎えようと思ってすぐに話をしにいったの。もうすでにレッスンを受けるご令嬢たちでいっぱいのところを、無理やりねじこんでもらったんですから」

やはり、ジャンヌがサールへ行くことは、マリーズの計画にもとからあったことなのだ。

「姉さん、サールゆきを仕組んでないわよね。私に花嫁修業をさせるために……」

「仕組むわけないでしょう。私の背後にただよってる男は、あなたは仕込みの存在だと思うの？」

「それは……」

ジャンヌは口をつぐんだ。

「あなたを自由にするには、それなりの理由が必要なのよ。サールにはあなた好みの面白い幽霊がたくさんいるかもしれないわよ？　断崖絶壁では身投げしに行く人だってよくいるみたいだし。調べていらっしゃいな」

ティーカップにくちびるをよせ、マリーズは涼しい顔で言う。

「そんな鬼教師の指導なんて受けていたら、生霊について調べる時間が……」

ジャンヌの目の前に、あたたかいショコラが運ばれてくる。

「これは……？」

「ショコラショーよ」

ジャンヌはけげんな顔をして、マリーズを見た。

「そんな顔しないで。修道院ではこんなもの出てこなかったでしょう？　ショコラショーくらい飲んでから行ってきなさいな。今、ガゼルではショコラも流行《はや》っているのよ」

ジャンヌはショコラショーに口をつける。あたたかくとろりとした液体は目が覚めるほど甘く、体にしみわたる。

目を輝かせ、カップを見下ろすジャンヌに、マリーズはほほえみかける。

「どう？　あまくておいしいでしょ？」

「……ええ。悪くないわ」

汚れたくちびるをナプキンでぬぐうと、ジャンヌは気を取り直した。

「ところで、サールでもこの飲み物は飲めるのかしら」

「アパートメントの管理人に話をしておきましょう。レッスンを頑張ったらご褒美に一日一杯出してもらうようにね」

「………」

「頑張ってね、期待しているわよジャンヌ」

複雑な思いでショコラショーに口をつける。なんだか苦みが増した気がした。

＊

海に臨む町、サール。この半島は夏は涼しく、冬は比較的温暖で、緑の生い茂る豊かな土地である。人々はみずみずしい果物、脂ののった魚、ワインをたしなみ、岬や森の風景を楽しみ、夜ごとの祭りや音楽、芝居を堪能《たんのう》した。

ロッテンバル国の有力貴族はサールに別荘を持ち、親戚や友人を招待しあいながら避暑を楽しんでいた。クーロン家は別荘こそ持たなかったが小さなアパートメントをいくつも買い取り、旅行客や一時滞在者に貸し出して利益を得ていた。

ジャンヌのしばしの住まいとなったアパートメントは、壁は淡いクリーム色に塗られ、窓枠には貝殻や天使があしらわれた、海沿いのサールらしいデザインであった。三階建てで一室一室は小ぶりなつくりであったが、すべての部屋が小さなバルコニー付きである。

アパートメントの入り口のそばには大きな犬舎が建てられており、マスティフ犬が縄でつながれていた。うたたねをしていたが、かなりの強面《こわもて》なので番犬としては申し分ないであろう。

マスティフ犬のそばを通り抜け、うねった小道を歩いて、ようやくアパートメントの玄関にたどりついた。玄関は共用で、管理人室が設けられていた。

アパートメントの管理人であるサレット夫人はふくよかな体をしわくちゃのシャツとエプロンで包み、わかりやすいほど面倒そうにジャンヌを出迎えた。ジャンヌはこの正直すぎる管理人に好感を持った。こういう人間は、ジャンヌがどんな奇行を繰り返しても、彼女に興味を持とうとしないだろう。

「お嬢さまのお部屋は、三階になります」

サレット夫人は大きな体を窮屈そうに揺らして、手すりにしがみつくようにしながら階段をのぼってゆく。ジャンヌを三階の南側の部屋に案内すると、彼女はトランクをどしりと床に置いた。

マリーズが用意したこの一室。内装は白や淡い紫を基調とした落ち着いた女性らしさのある家具で統一されていた。

そしてやはり、子犬のぬいぐるみ。

「……二匹目じゃないのよ」

マリーズは自分のことを、まだ幼い子どもだと思っているのではあるまいか。ジャンヌはトランクから一匹目の子犬を取り出すと、そっと置いた。色違いのぬいぐるみであった。

「遅いお着きでしたね。私は仕事が残っておりますので下がらせていただきます」

そっけなく言うサレット夫人に、ジャンヌはうなずいてみせた。

「どうもありがとう」

彼女の足音がどしりどしりと遠ざかってゆくと、ジャンヌは鏡台を見つめた。

『マリーズお嬢さまのあたたかいお心遣い、ありがたいではございませぬか』

ライムじいと目が合った。

『して、ジャンヌお嬢さま。レッスンと調査のスケジュールはお決めになりましたかな？』

「コラール先生のレッスンはさっそく明日からだそうよ。昼餐《ちゅうさん》の後にダンス」

『では、その前に仕込みをいたしましょう。しばしお身体《からだ》をお借りしますよ』

ライムじいは部屋をすみずみまで観察した。窓辺に置かれたハーブの鉢植えや、ベッドやソファの下にいたるまで、徹底的である。

『むむ！　お嬢さまのお住まいにふさわしく清潔！　あとは水差しがもう少し大きければ言うことはありませぬ！』

彼はかぶりをふって歩き出した。アパートメントの階段を下り、サレット夫人に声をかける。

『夜分遅く失礼いたしますぞ』

彼女はひどくけだるそうに新聞を読んでいた。紙面からけげんな顔をのぞかせる。

「……ジャンヌお嬢さま、どのようなご用事でしょうか」

『犬をお借りしたいのです。このアパートに立派なマスティフ犬がいるのをお見受けしましてな』

「マックスに何の用ですか。あの犬は番犬とは名ばかりで、日がな一日よだれを垂らしているか寝ているだけですよ」

『そのような犬こそぴったりです。ぜひお会いしたい。犬舎まで行くのでカンテラをお借りいたしますぞ』

「嚙《か》まれたら危険ですよ。それに犬に興味がおありなら、別に今夜でなくとも……」

『失礼。明日は早くからコラール先生のレッスンがございましてな。今すぐにでもマックスと会えなければ集中できぬと思った次第』

有無を言わさぬライムじいの様子に、サレット夫人はしぶしぶカンテラを取り出した。

「庭と玄関には警備員がおりますから、なにかあったらお声がけを。私はこの席を離れられないのです。お嬢さまがたに明日出す、パンが届くのを待っていなくちゃいけない」

『ありがたくお借りいたします』

ライムじいはカンテラを手に、ずんずんと庭を歩き出した。

犬舎には獰猛《どうもう》そうなマスティフ犬が一匹だけ。マックスと名付けられたその犬は、人の足音を聞きつけるなり、鼻を動かしすぐに立ち上がった。低いうなり声をあげる。

『おっと、おっしゃりたいことはわかりますぞ、マックス。尊ぶべきジャンヌお嬢さまのお体に、じいのような魂が入っている。不可思議なものは警戒して当然。あなたはなかなか賢い犬だ。日がな一日寝ているなどと、誤った評価はまことによろしくない』

カンテラを持ち上げ、ライムじいはうなずいてみせる。

『して、マックス。お願いしたいことがございます。ジャンヌお嬢さまは日中、レディになるための訓練で手が離せませぬ。少しじいが工夫しますゆえ、我々の調査にお付き合いいただけますかな』

マックスは耳をぴくぴくさせ、うなるのをやめた。

やがてうかがうようにライムじいの顔をのぞきこむ。

そこに二百年も前からこの世をただよう、執事の顔を認めたのかもしれない。

『よくできた子です、マックス』

じいは犬舎をあけ、マックスを自由にする。

『お聞きなさい。ジャンヌお嬢さまにかわり、この町を調べてほしいのです』

マックスは数度足踏みをして、ライムじいの前にお座りをした。

＊

「ここね」

夕刻前、サールの町並みが一望できる丘の上である。

ジャンヌはマックスを連れて、その景色を見るともなくながめていた。

「まったく、さんざんだったわ、あのコラールとかいう女。私を見た瞬間陰気で華がないと憤慨して、鏡を前に笑顔のレッスンばっかりさせられたわよ」

他の令嬢はダンスのレッスンや歩き方の練習をしているというのに、ジャンヌばかり手鏡をにらむはめになり、面白くないことこの上なかった。降霊ができないのに鏡を覗《のぞ》くことに意味を見出《みいだ》せない。

「ようやく本来の目的で鏡が使えるわ」

ジャンヌは手鏡を取り出した。年頃の女の子のように、前髪を直したりなどしない。

『ジャンヌお嬢さま、お疲れ様でございました。それでも終了時刻まで鏡と対峙《たいじ》していたこと、ライムじいは誇らしく思いますぞ』

ライムじいはジャンヌをねぎらった。

「それで、このマックスは何を嗅ぎつけてきたわけ？」

『忘れ物ですよ』

ライムじいは、腰の後ろのあたりで手を組んだ。

『ジャンヌお嬢さまの部屋を確認したところ、妙なものが落ちておりましてな。ボタンです』

ライムじいはドレスのポケットをごそごそとあたって、小さなボタンを取り出した。

加工されたアメジストのボタンである。

『おそらく、袖口につけるためのボタンかと思われます。かなり高価なものです。なにかの拍子に糸が切れて落ちたのでしょう、マリーズお嬢さまの持ち物である可能性もありますが、ボタンをなくしたことに気が付いたならまずアパートメントの管理人に部屋を捜させるはずです。しかしボタンは部屋にあった』

ライムじいがサレット夫人に探りを入れたが、ジャンヌの部屋はマリーズがサールに寝泊まりするときにたまに使っていた一室だった。ここ最近は、新たに部屋を借りたものはいないという。

「ということは、姉さんかもしくは元恋人の落とし物である可能性は高いわね。姉さんのものなら遠慮なくサレット夫人にボタンを捜させるでしょう」

しかし、これが元恋人の落とし物だとしたらどうだろう。

「ボタンをなくしたことに気が付いたとしても、別れた恋人の部屋にたずねていくのは気が引ける。これが元恋人たちの落とし物という可能性が高いと」

『さようでございます、ジャンヌお嬢さま』

マックスは「ぶふっ」と鳴いた。

『さて、マックス。あなたの出番です。昨晩でおぼえたこの匂いの場所に案内してくれますかな』

ライムじいの作った抜け道から飛び出したマックスは、サール中をまわって、目当ての場所を捜し出しているはずだが――。

「ここ？」

マックスが立ち止まったのは、丘の中腹であった。彼の視線の先には、海から連なる道が、夕焼けに照らされてまっすぐに続いていた。子どもたちのはしゃぎ声、小さな商店の軒先でワインを乾杯する人たち。仕事を終えた勤め人と、退屈しのぎに町を出てきた人々が交じり合って、にぎやかな喧噪《けんそう》を作り出している。

しかし丘の上は、青い絵の具で線を引いたかのように静かだ。ただ人々の様子を見下ろすだけ。

まるで他人事《ひとごと》のように、サールをながめられる——ここはそんな場所だった。

風が吹いて、ジャンヌの髪やスカートのすそをなであげていった。海からの風は勢いがあって気分がよい。

ジャンヌはあたりを見回した。

町の熱気を見つめるひとりの男がいた。小さな椅子を出して、キャンバスを前に座り込んでいる。彼は鉛筆を動かし、建物の外観をざっくりと描きとっていた。

昼と夜のはざま、燃え広がりそうな夕焼けが建物を照らしている。陽が完全に落ちては、この風景は描きとれない。ずいぶんと集中しているようである。

ジャンヌはじっと男の背中を見つめた。あれが、マリーズの恋人のひとりか。

「集中しているところごめんなさい。ちょっといい？」

ジャンヌはひるむことなく、堂々と声をかけた。

「はい」

男は振り返る。ジャンヌは目をみはった。白みがかった金色の髪に、溶けだしたアメジストのような薄紫の瞳。落とし物のボタンとそっくり同じ色である。ぱっちりとした目は垂れ気味だったが、鼻筋はすっと通り、くちびるは上品なうすさであった。

驚くほど端整な顔立ちの青年であった。サールはいい男が揃《そろ》っているとマリーズは言っていたが、今日一日町歩きをしてみて見た男たちの全員が、この青年の前ではかすんで見えるほどであった。

（……姉さん。やるわね）

他人の美醜に興味を持てないジャンヌですら、一度は息をのんだ。

ジャンヌは咳払《せきばら》いをして続けた。

「突然申し訳ないわね。実はある人からあなたに伝言を頼まれているのよ。この手紙を開けてもらえないかしら――」

マグノリアのレターセットは、マリーズが男性とやりとりをするときに使っていたものである。彼女が女伯爵マリーズ・クーロンであることは、当然ながらひとときの恋人たちには秘密だった。マグノリアという偽名を名乗り、とある未亡人という設定で、彼女は熱心に男あさりに興じていたのである。

「この封筒には見覚えがあるでしょう。手紙を書いた方が、ぜひともあなたにご自身の肖像画を依頼したいと言っているの。引き受けてもらえるかしら」

男はしげしげとジャンヌを見つめていた。

そしてほどなくして椅子ごとひっくり返り、わなわなと震えだしたのだ。

「なによ。私になにかついてる？　あなた驚きすぎなんじゃない」

ライムじいは、普通の人には見えないはずだし……。

ふよふよとただよう執事と目を合わせる。ライムじいは口をぱくぱくさせた。

『この男、あたまが、おかしい、かもしれません』

そのとおりね——普段のジャンヌなら気にせず会話するところだが、男のあまりの驚きように、彼女とて自重するほかなかった。

「だ、だって、君っ、もしかして」

男は言葉もうまく出ないようだ。

ジャンヌはうろんな視線を向ける。

(ちょっと話しかけただけでこんなにおびえるなんて、どれだけ人に慣れてないのよ……どんなに見た目が良くてもがっかりね。姉さんがあっさり捨てるのもうなずけるわ)

ジャンヌは涼やかな顔で言った。

「あのね。私時間がないの。さっさと手紙をあけてよ」

「き、君……その、この手紙を書いた人と関係あるの？　たとえば、彼女の使用人とか」

——ははあ。秘密の恋だったから、私がどこまでマリーズ姉さんとの関係を知っていて、どの程度口がかたいのか気になるわけね。

町歩き用に質素なドレスにしていたので、使用人だと勘違いしたのだろう。コラールにどれだけしぼられようが、ジャンヌは下働きのようなドレスを手放すつもりは毛頭なかった。死霊との出会いは突然だし、彼らは沼地のほとりや今にも崩れ落ちそうな空き家にたたずんでいることもめずらしくないため、遠慮なく散策できる装備は必要なのである。

ジャンヌは男を安心させてやるために言った。

「私はこの人のために働いている――メイドとはまあ違うんだけど、友人っていうか、まあ結果使用人みたいなものね。でもこの……マグノリアに信頼を得ていて、まあ、生まれたときからこの方のそばにいたといっても過言ではないわよ」

マリーズが偽名を使っているならば、妹だと言うわけにもいかない。ジャンヌはしれっと姉の嘘《うそ》を上塗りした。

「あなたがオーガスティン・バローでしょ。あなたって神出鬼没で、捜すの大変だったわよ。マックスがいなければとても無理だった」

「マックス？」

「この子」

ジャンヌの足元で伏せをしていたマックスが、じっとオーガスティンを見上げる。

マグノリアの恋人は、身元がしっかりとわかっている者もいれば、そうでない者もいた。特定の場所で落ち合うだけで、はっきりとしているのは名前だけ。それがオーガスティンだったのだ。

（その名前ですら偽名の可能性もあるけど、でもこうして見つけることができたんだから構わないわ。仔細《しさい》は後で聞き出す）

オーガスティンはマックスとジャンヌを交互に見比べると、慎重にたずねた。

「本当に、君はマリ……マグノリアの使用人なの？」

「そうじゃなかったら手紙なんて預からないわよ。早いとこ読みなさい」

ジャンヌは元恋人のひとりひとりにマグノリアからの手紙を渡し、その反応を見て犯人を特定することにしたのである。

おそらく犯人はマリーズと接触を持ちたがっている。それならば「マグノリアからの手紙」はまたとない好機だ。

オーガスティンは震える手で手紙を受けると、ゆっくりと開封した。

「……あのようなお別れをしたばかりなのに、ごめんなさい。あなたの手で、私の肖像画を描いていただけないかしら。ひとりになってゆっくりと考えてみたら、あなたのことを思い出しました。昔の話をしたい気分なの――これ、本当に彼女が書いたのか？」

「さあ。私は手紙を預かっただけだから」

この男は絵描きだと言うので、それらしき文面をジャンヌが考えたのだ。マグノリアのレターセットを借りられたはいいが、なにしろ急いでサールにやってきたため、マリーズ本人に手紙を書いてもらうほど時間に余裕はなかった。

（五人全員に、それっぽい手紙を書くの大変だったんだから）

忙しい彼女は代筆を使うこともめずらしくなかったので、いざとなったらそれで押し通すことにしたのである。

「僕は肖像画は描かない。彼女も知っていることだ」

オーガスティンは手紙をおりたたむと、封筒ごとジャンヌによこした。

「悪いが他の画家に頼んでくれと伝えて欲しい。僕から彼女に話したいことは何もないよ」

ジャンヌは手紙を受け取りながら、あっけにとられた。

「……本当になにも？　だってあなた、姉さ……じゃない、マグノリアと付き合っていたんでしょう？」

オーガスティンは蒼白《そうはく》になった。

「知っているのか」

「ああ、まあ、そうね。だって信頼のおける使用人だから」

「……そうか……」

オーガスティンは椅子に腰をかけ、鉛筆に手を伸ばした。

「別に、誰かに言いふらしたりなんてしないわ」

「そういうことじゃないんだ」

描こうとして、彼は手をとめた。先ほどよりも陽がおちて、景色はおぼつかなくなっていた。

「悪いけど、僕の今日の仕事はおしまいだ。もっと暗くなる前に帰るといい。マグノリアにはすまないと伝えて」

「わかった」

ジャンヌはすばやく男の手元に目をやった。

「左利きなのね」

「ああ、それがなにか」

「別に。ただめずらしいから。ごきげんよう、オーガスティン」

マックスは鼻を鳴らし、ジャンヌのそばにぴたりとついて歩く。

ジャンヌは腕を組み、思考をめぐらせた。

(姉さんに送られたあの気味の悪い手紙……殴り書きだったからこそ、癖がよく出ていた。左手で書いたら特徴的なインクのこすれが出るはずだけれど、それが見当たらなかったわ)

参考のためにあの手紙は持ってきているが、もう一度取り出してたしかめるべくもない。

姉とふたりきりになれるかもしれないまたとない機会をふいにした。そして、利き手は左。このふたつの調査結果がしめしている。

オーガスティン・バローは、シロ。

ジャンヌはそう結論づけると、アパートメントまでの道のりをずんずんと進んだ。オーガスティンが彼女の方を振り返り、じっとその背中を見つめていたことなど、気づきもしなかった。

＊

『甘い。甘いですぞ、ジャンヌお嬢さま』

ライムじいは、ジャンヌにもの申した。

アパートメントの小さな部屋。ジャンヌは古びた手鏡を取り出して、ライムじいと話し合っていた。

『本当におそろしい人間というのは、その本性をたくみに隠すものです。犯人は、マリーズお嬢さまがみずからを特定し、迷惑行為をやめさせようとしていると思っているでしょう。もしオーガスティン・バローが犯人ならば、肖像画の依頼にとびつかなかったことで、己の潔白を演出しようとしているのかもしれません』

「そうかしら。この手紙を書いた人は、姉さんに自分の存在をしつこいほどアピールし続けているわ。気づいて欲しくてたまらないと言っているように見えるけど」

一緒に別荘へ行こう、腕を組んで散歩をしてみたい、などはかわいいものだが、君にキスをする夢を毎日見る、早くその体を自分のものにしたいなどなど……男の要求はエスカレートしてゆく。文字を追うだけで吐き気がこみあげてくるので、それ以上はやめた。馬車に轢《ひ》かれたカエルでも見ていた方がましである。

『それならば自分の名くらい記すでしょう。差出人名も住所も書かない時点で、見つけて欲しくはないのですよ。マリーズお嬢さまがこの手紙を読んで、驚いたりおびえたりするところを想像して楽しんでいるのです』

「はっ、悪趣味ね。でも、利き手は？　この手紙の男はきっと右利きよ。オーガスティン・バローは左利きだった」

『両利きという可能性だってあるではないですか』

「……まあ、それもそうね……」

『まあいいでしょう。マックスにもうひと仕事させることはできそうですかな』

「ええ」

ジャンヌは鉛筆を一本取り出した。オーガスティンが手紙に気を取られている間に、こっそりと拝借してきたのだ。

「これでオーガスティン・バローをもっと徹底的に追えるわね」

マリーズの恋人オーガスティンについての手がかりは、他の恋人たちよりもずっと少なかった。画家という職業と、名前だけ。サールの小さな劇場で出会ったようで、その出自はあきらかになっていなかった。

――彼はサールのどこかで絵を描いているはず、場所はわからないわ――マリーズの残したヒントはわずかなものではあったからこそ、先に彼に接触できたことは幸運だ。

『しかし、オーガスティンという若者。美しい見た目の若者でしたな。マリーズお嬢さまもなかなかの面食いでいらっしゃる。それにバローという名前は、ロッテンバル国の宰相、アルベール・バローと同じ。もしや縁者かとは思いましたが』

「まあ、言われてみればそうね。でもめずらしい苗字《みようじ》じゃないし。だいたい宰相の親類がこんな別荘地で絵なんて描いてるわけないでしょ」

生きている人間に興味のないジャンヌとて、宰相の名前くらいはきちんとおぼえている。アルベールはロッテンバル国の王を支える頭脳派で、時には王の代理もつとめるほど信頼がおかれている人物だ。

『それもそうですな』

「じゃ、どうする？　もう少しオーガスティンについて調べてみた方がいいかしら」

『しかしお嬢さまは昼間からコラール先生のレッスンでお疲れでいらっしゃるでしょう。じいと交替いたしますか』

「そうね。意識だけでも眠っていたいわ。あの笑顔の練習って精神的にくるのよね」

ライムじいに体を託し、ジャンヌはゆっくりと目を閉じた。死霊に体を預けるとき、工夫をすれば意識だけは眠っていられることができた。明け方までにライムじいから情報共有を受ければよい。体の疲れが取れないのは難点だが、どうせ明日も日がな一日座って笑顔の練習なのだから、体力はそれほど満ちていなくともよいだろう。

ライムじいは腕をぽきぽきと鳴らした。

『さて、行きますか。マックスの散歩とオーガスティン・バローについての調査、しっかりとこのライムじいが務めさせていただく！』

＊

居酒屋『沢の寄り道』。なぜ沢なのか、なぜ寄り道なのか、その名の由来は誰も知らない。この店は百年も前からサールにあり、嵐で半壊するたびに建て直し、喧嘩《けんか》にも酔客にもツケを払わない客にもめげずに、毎日朝まで頑固に営業を続けていた。

オーガスティンはカウンター席のすみに座り、特別に強い酒の入ったグラスを見つめていた。琥珀《こはく》色の液体に己の姿をうつしとると、彼は物憂げにため息をつく。

「お兄さん、どうしたの。良《い》い人にふられちゃったの」

おしろいをたっぷりと塗った女が、顔をぎらつかせて近づいてきた。

「あたしでよかったら相手してあげようか」

「どこかへ行ってくれ」

猫でも追い払うようなぞんざいな口調に、女はくちびるをとがらせる。

「はっ、なによ。ちょっと顔がいいからって調子乗るんじゃないっての」

悪態をつくと、女は酒を片手に離れてゆく。

暗い様子で酒をあおる彼に、店主が声をかける。

「どうしたんだい、オーガスティン。今日は機嫌が悪いな。待ち合わせか？」

「ヘンゲルと落ち合うことにしている」

「じゃあ個室でも用意しようか。他の客に絡まれたらうっとうしくて敵《かな》わんだろう。個室と言っても裏の倉庫の荷物をどかすしかないんだが」

「手を煩わせるに及ばないよ」

オーガスティンはそう言った。個室でひざを突き合わせて話し込んだら、今抱えている問題がよりいっそう大げさになる気がした。ある程度、他人の目があった方が良い。これから話すことは一般的に言えば大したことではないのだから。

長いこと胸の内に育っていた恋の花が、たったいっときの過ちによって枯れたかもしれない。ただそれだけのことである。

「来たみたいだぞ」

店主はグラスを取り出した。

昼間の心地よい涼しさが終わると、夜は身ぶるいするような風が吹くのがサールの特徴である。気候を知り尽くしたヘンゲルは厚手のジャケットを羽織り、タイはきっちりと締めていた。彼の象徴であるめがねは最新式のものだ。生真面目な銀行家そのものである。

「オーガスティン。ようやく俺の呼び出しに応じてくれたな」

雨がふってきたようで、ヘンゲルの服はぬれていた。悪態をつきながらジャケットをハンカチでぬぐっている。

「こっちへ来い。すぐに乾く」

オーガスティンが手招きをする。ヘンゲルは彼と肩を並べて「同じものを」と注文した。彼は酒にこだわりもないし、弱くもない。ただ接待する人間と同じ酒を酌み交わす。彼らしい飲み方といえた。

ヘンゲルは非難がましく言った。

「さいさん配当金の受け取りをどうするのか聞いているのに、返事をしないのはお前だけだぞ」

――別れたくないって言わないの、あなただけよ。

マグノリア……マリーズの言葉がよぎり、オーガスティンは嘆息した。

「暗いな。別に損してないだろ。むしろ結構儲《もう》かったじゃないか」

「違うんだ。お前のところの投資案件の話をしにきたんじゃない」

「俺はそのつもりで来てるんだが」

ヘンゲルは不満そうである。彼がマグノリアを通して投資の話をもちかけてきたときから、彼はオーガスティンにとっての気の置けない友人だった。オーガスティンがバロー家の子息であることはなんとなく濁してあるが、彼もそれなりに勘づいてはいるだろう。

「うちの銀行が不動産業に出資することにしたのは知っているだろ。先だってのマグノリアの紹介案件で実績を作って、みごと俺は責任者に抜擢《ばってき》された。雇われではあるが、経営者だ」

「それはおめでとう。今は銀行家じゃなくて不動産屋なのか？」

「ゆくゆくは専任になりたいところだが、今は銀行の仕事も兼任している。後を任せられるやつが見つからないし、万が一不動産の価値が一変したときのために保険も残しておきたい」

引っ張りだこのヘンゲルだが、彼は金が好きである。金の匂いのするところへならどこへでも飛んで行くのがヘンゲルという男だ。

そういう意味では、マグノリアも金の匂いがぷんぷんする女だった。金遣いがあらいのではなく、金の流し方がうまいのだ。今このいっときだけのことかもしれないが、そういうところはオーガスティンに共通しているかもしれない。

「お前にも感謝の意を示したくて、もっと利率の高い投資案件を持ってきたんだよ。これは間違いない。特にお前は持ってる、オーガスティン。金に好かれるタチなんだな。この話がきたときに真っ先にお前の顔が浮かんだんだよ。誰にも売らない絵なんて書いていないで、せっかくのその金まわりの良い運命を受け入れて、もっと大きなことをしてみないか。たとえば自分のギャラリーを開くとか、サールに大きな美術館を建てて、お前の絵を飾ってみるっていうのはどうだ。お前の絵、なかなか味があるよな。人のシルエットだけやたらぼやけてるけど、それがいいっていう奴だっているだろう」

「僕はそういうのはいい」

「まあまあ、謙虚なお前は自分の絵を目玉にすることに抵抗はあるだろう。それは俺もわかっている。俺の勤めている銀行にかけあって、オーナーの持っている絵を借りてきてもいい。有名な画家の絵をいくつも持っているそうだ。あとよくわからん壺《つぼ》とか、銅像とかな。入場者数はどれほどになるかはわからないが、入館料をとって何割かをおさめれば喜んで貸し出してくれるだろうし、それにこういったものは慈善家ぶりたい人間にはぴったりだ。つまり組織の上の人間っていうのは、慈善家になるチャンスを逃したくないと思っているってことなんだよ。金、金、金じゃ『品格がない』ってことらしい。オーガスティン、よく聞いてくれ。俺は冗談で言っているわけじゃない……」

「ヘンゲル」

ほうっておくといつまでも喋《しゃべ》っていそうなヘンゲルをさえぎって、オーガスティンは続けた。

「聞きたいことがある」

「なんだよ。なんでも聞いてくれ。不動産でもほしいのか」

「お前の奥さんは、マグノリアとの付き合いについて知っているか？」

「なんだよ急に」

ヘンゲルは面食らったように言った。

「それ、あらたまって聞くことか？」

「知りたいんだよ」

ヘンゲルは肩をすくめる。

「まあ、気づいてはいるだろう。とはいっても、男の浮気なんてよくある話じゃないか。マグノリアとはもう切れたんだし、別にただの遊びだったわけじゃない。彼女のおかげでお得意様を何人も得られたんだ。別にちょっと、体の関係があるだけの良い仕事仲間みたいなものだ。マグノリアだって最初からそのつもりだったし。彼女がいなければ、妻だって大きなお屋敷《やしき》に住むことも、メイドを雇うこともできなかったのだから、文句を言われることもないだろう」

口のうまいヘンゲルでも、しどろもどろになることがあるのだと、このときはじめてオーガスティンは思った。

「マグノリア、良い女だったな。俺の妻は地味で謙虚なところが美徳だが、思い切りはない。その点マグノリアは度胸はあったし快楽に正直だった。まさに真逆の存在だ。サールの夏のひとときを過ごすには、あれほどの女性はいないだろう。お前だってそう思ってたから、マグノリアと付き合っていたんじゃないのか？」

「……僕は今、マグノリアと関係を持ったことを後悔している」

「なんで」

「……知られてしまったんだ。彼女に……」

「あ、お前本命がいたのか」

ヘンゲルは眉を寄せ、気の毒そうな顔をした。

「独身かと思っていたが、婚約者でもいたのか？　でも、さっきも言ったように男の浮気なんてこの国じゃ当たり前に行われていることだぞ。しかも最近は男だけじゃない。女だってごく当たり前に若いツバメをかこっているさ。王都の貴族さまたちは愛人宅をいくつも持っているし、そのために銀行に金を借りにくる人間だってたくさんいる。旦那じゃなくて妻の方な。貴族だけじゃない、平民もだ。夫婦は互いに愛人を持つことを容認してる、開放的な文化じゃないか。俺は妻が愛人を持っていたって、別に驚いたり責めたりしない。仕事であちこち飛び回って忙しくして、寂しい思いをさせてるのは確かなんだ。それに互いに好きで結婚したわけでもない。妻は取引先の家のご令嬢で……あちらだって、俺の仕事とか、金とか、そんなものが目当てだったわけだし、お互いの利害が一致しただけだ」

まあ、あれの性格的に愛人を持ったりはしないだろうが……ヘンゲルはそう続けて、グラスを手の中でもてあました。いざ従順な妻が不倫しているかと思ったら、言葉とは裏腹に落ち着かなくなるものらしい。

「それで、意中の彼女はなんて言ってるんだ。マグノリアと別れたことはもう伝えてあるんだろう？」

「なにも……そもそも彼女は僕の存在を認知してすらいない」

「どういうことだ。言っている意味がまったくわからん」

「いや、いいんだ。飲みすぎただけだ」

幼いころから思いを寄せていた相手と奇跡的な再会ができた——だがそれが、最悪な形におさまった。それだけの話である。

「気にしないでくれ」

「なにを言っているんだ、そこまで話しておいてやめられるほうがこちらは気になるだろう」

「よくよく考えたら大の男がふたりでするような話でもなかったというだけだ」

「恋の話なんだろ。金の話なら相談に乗ったが、門外漢でも聞くだけは聞いてやれるぞ。話してみろ、同じ女と恋人だった仲じゃないか」

オーガスティンは下を向いていた。気落ちする彼の様子に、ヘンゲルは頭を抱える。

「お前の外見と、お前の資産があれば、どんな女だって思い通りだよ。ためしにここに連れてくればいい。俺がいい具合にお前のことを誉《ほ》めたてて証明してやるよ。マグノリアのことを知られたらなんだっていうんだ。過去の女に嫉妬するタイプの子なのか？」

「いや……いや、そもそも、彼女がどういった子になったのかもよくわからない……」

「は？　どんな子なんだ。舞台女優とか、それとも深窓のご令嬢か？」

「どちらでもない。知り合ったときは、ただの女の子だったんだ……」

きっと、彼女は覚えていないのだろう。

幼い時の、あのひと夏の思い出を。

川べりにしゃがみこみ、動けなくなったオーガスティンに、手を差し伸べる少女がいた。

ここには動物から人間まで、多くの幽霊がただよっていた。小動物や熊の霊はまだかわいいものだったが、人間の霊はことさら恐ろしかった。足をすべらせておぼれ死んだ者、貧乏ゆえに飲み水すら手に入らず、這《は》いずってこの川へたどり着き絶命した者、恐ろしくも誰かに殺されて投げ入れられた者もいた。

オーガスティンは、親子の霊に取り囲まれ、身動きがとれなくなっていた。子どもの体に水草がまとわりついているのがわかる。きっとあの子がおぼれて、助けに入った親も一緒に水底に沈んだのだろう。

「助けて。僕を見ないで、ほうっておいて」

オーガスティンは泣きそうな声をあげた。彼が後ずさると、子どもが距離を詰めてくる。

「あなた、大丈夫？」

オーガスティンは振り返った。

すけるように色の白い女の子が立っている。彼女は黒髪を紫色のリボンできっちりと結んでいたが、エプロンドレスは土だらけになっていた。

「気にしないで。さっきそこで鳥の霊におっかけられたときに転んだだけ」

彼女はドレスの前をはたくと、さっぱりと言った。

「それで、あなたはそこの二人となんのお話してるの？」

「は、話なんかしてない。僕のこと通せんぼするから」

「あなた、入水《じゅすい》自殺でもする気なの？」

「じゅ……なに？」

「その先、浅瀬に見えて深いのよ。そこのふたりは忠告しに来たの」

親の霊は口をぱくぱく動かしている。この少女には、彼らの言葉がわかるらしい。オーガスティンはたびたびこういったものを見ることはあったが、話をすることはできなかった。

「まさか、き、君も死んでたり」

「勝手に殺すんじゃないわよ」

少女はあきれたように言った。

「で、でも死んでる人と話ができてるじゃないか」

「しちゃ悪いわけ？」

「わ、悪いよ。だって……」

オーガスティンは目をつりあげた。

なにも言わずにたたずむその人たちのことを口にすれば、大人たちは顔をしかめた。この子は頭がおかしい。いや、精神の病気なのかも。きっと家庭環境が。バロー家のご子息にあるまじき。早くなんとかしないと……。

彼らの言葉がのしかかり、オーガスティンはふさぎこんだ。たまに生きている人間にそっくりのしぐさをする幽霊もいて、オーガスティンにとって見分けをつけることは困難であった。そういうわけで、不用意に見たものを口にすることができなかったのである。

しかし、油断していたのであろうと思う。

王都の住まいではなく、この別荘地サールに連れてこられたことで、オーガスティンは有頂天になっていた。別荘にいる間は窮屈な勉強の時間が減らされ、乗馬や散歩などの外遊びの時間が多くもうけられていたことも、彼が開放的になった要因のひとつであった。

バロー家の別荘には、父の親類や友人たち、そして彼らの子どもたちが集まっていた。オーガスティンは、寂しそうに庭先にたたずむ貴婦人に声をかけてしまったのだ。それが死人だとも気が付かずに――。

オーガスティンの「奇行」は子どもたちの間にあっという間に伝染し、彼らを通して親たちに伝わった。

父から叱責を受けたオーガスティンは、しばらく外遊びを禁じられた。サールの海も山も芝居やサーカスも楽しむことができない。彼は悲しくて、こっそりお屋敷を抜け出したのだ。

「死んだ人と話したら罰を受けるんだよ。子ども部屋から出ちゃいけないって言われる」

「なんでよ。話し相手が増えて面白いじゃないの。だいたい生きてる人間ってまだろくに経験も積んでない存在なんだから、話しても面白くないでしょ」

自分だってまだろくに経験も積んでいない子どもじゃないか――言いかかったが、オーガスティンは黙っておいた。そのほうが賢明だと思ったのだ。

「幽霊なんて、別に怖くないわ。ただ死んでるだけよ」

「でも、ずっとこっち見てるし、怖いよ」

「見てるだけで何もしないでしょ。台所にいる虫と同じよ」

「あれだって、てかてかしてて怖いよ！」

おやつをもらうためにコックのそばをうろうろしていたら、例の虫を見かけたことがある。おそらく少女が言っているのと同じ虫だろう。

「大げさ。怖がりな子って損ね。なにも楽しめやしないんだから」

少女は手を差し出した。

「さっさと冒険に行くわよ。私時間ないの。今日も亡くなった人がたくさんいるからこの川に行くって言ったら乳母のマーサに閉じ込められそうになったのよ。ぱっと抜けてきたからさっと見て回らないとね」

「君だって部屋から出ちゃいけないって言われてるじゃないか」

「そうかもね。出禁ってやつ？　あ、出禁って特定の場所に入っちゃいけないことだったかしら。じゃあ何かしらね、これ」

「ただの脱走だ」

オーガスティンが指摘すると、彼女はもっともらしくうなずいた。

「それが的確ね。私、脱走兵のジャンヌ。あなたは？」

なんで急に「兵」なんてつけるんだよ、と思ったがジャンヌにとっては「兵士」は身近なものらしい。サールは古戦場のあとに作られた町なので、たまに古い甲冑《かっちゅう》を身に着けた霊を見かけることもあった。おそらく彼女はそのひとりひとりと会話を試みたに違いない。

「オーガスティン……」

「では的確な言葉を使うオーガスティン、行くわよ。その親子、親切だけど面白みに欠けるのよ。もっとすごい霊を探しにしゅっぱーつ！」

ジャンヌはオーガスティンのシャツの裾をひっつかむと、歩き出した。

オーガスティンは彼女の小さな背中を見た。幽霊の視線も他人の評価も、まるで気にしないという堂々たる背中であった。

ふしぎと恐怖が消えていった。

ジャンヌ。幽霊を恐れぬ特別な少女。その夏中、オーガスティンはジャンヌと遊んだ。

彼女がいれば山だろうが川だろうが、空き家も夜道もまるでへっちゃらだった。どんな恐怖も笑い飛ばし、肩で風を切って歩いていた。

しかしジャンヌとはそれきりだった。翌年もサールに来るはずだと言っていたが、彼女は避暑のシーズンになってもサールにはおとずれなかった。どこの家の子なのか、それすらわからなかった。ジャンヌは幽霊を見つけるとそちらに夢中になってしまい、オーガスティンの問いは後回しにしたり、忘れてしまうのだ。そのおかげで大切なことはすべて聞きそびれた。

オーガスティンはそれ以来、避暑はサールで過ごすと決めている。

あの夏一度会ったきりのジャンヌの面影を、彼はずっと追いかけているのだ。

幽霊のくだりは適当にごまかして、かいつまんで事情を説明すると、ヘンゲルは蒼白《そうはく》になった。

「お前、まさか。いやさすがにそれは……」

彼は酒をのみくだし切れなかったようで、盛大にむせていた。

「つまり、小さい女の子が好きってことだろ?」

「どこがつまりだ。美しい初恋の話だっただろう。どこにもそんな下卑た要素はなかったぞ」

「だって、いくつのときに知り合ったんだよ。そのジャンヌっていう子、もう相当大きくなっているはずだろう。まさか本人を見つけたっていうのか?」

「そのまさかだよ」

マグノリアの手紙をもって現れたのが、あのときの少女だったとは。あの意志の強そうな青い瞳と、光を受けて輝く灰色がかった黒髪、そして透き通るような白い肌。幼いころとまったく変わらぬ相貌だ。オーガスティンは成長したジャンヌを幾度となく想像したが、その想像以上に彼女は「ジャンヌそのもの」であった。

しかし、ジャンヌはオーガスティンのことなど記憶の片隅にも置いていないようだった。あろうことかマグノリアことマリーズからの手紙を差し出して、彼女との関係を知っていると口にしたのである。

「彼女は……マグノリアの使用人だったみたいなんだ。全部知られている。終わったんだ」

「どこが終わったんだ。身元が分かってよかったじゃないか。でも、使用人じゃ妻にするのは無理だろう？　お前はいいとこのお坊ちゃんなんだし」

どこの家のかは、あえて聞かないけどな——そう付け加えて、ヘンゲルは続けた。

「深刻な顔をしているからなにかと思えば。その子、もう結婚してるのか？　恋人は？　そんなに気になるなら早いところ囲ってしまえ。いい隠れ家がほしいなら紹介してやる」

「そんなことを言って、借り手のいない投資物件を俺に押し付ける気だろう」

「まあそれもあるが……そんなに悩むことか？　ここに呼んでこいよ、彼女にいい人がいなければすぐに解決する。お前は顔がいい、そして俺は口がうまい、これで強引に解決だ」

「そんな簡単な問題じゃない。自分の主人——マグノリアの恋人だった相手と、彼女が付き合うかもわからないし」

「マグノリアはまったく気にしないでお前のことを下げ渡しそうだけどな、はっはっは」

このヘンゲル、マリーズに『今後の取引のこともあるので、別れたくない』と一度は食い下がったようだが、彼女は仕事の付き合いを悪いようにはしないと約束した。そうして円満に別れたというわけだ。ヘンゲルにとっては愛よりも金、欲望とは金につながるのである。

ひりつくような別れ方をしなかった、またそうなる可能性の男を選ばなかったのは、マリーズの才能のひとつかもしれない。

「それで、意中の彼女は今どこにいるんだ」

「わからない。あまりのショックで聞けなかった」

「お前、馬鹿か。ようやくの再会をふいにするつもりか。こういうのは、なにがなんでも食い下がって連絡先ぐらい聞いておかないと」

「お前のような金の亡者でもそう思うのだな」

「俺は大口取引ができそうな金持ちの連絡先は、たとえ泥の中をはいずってでも手に入れる。お前とは情熱の対象が違うだけだ」

ヘンゲルは大声をあげて、オーガスティンの至らなさをなじる。

「恋がだめになったかどうかなんて、本人に聞いてみないと真実なんてわからないだろう。なんでそこをうやむやにするような選択をするんだ。自分が傷つかないようにすることがそこまで大事か。そこまで愚かだったのか、「オーガスティン」

あのとき目の前が真っ暗になって、彼女が去ってゆくのを立ち尽くしたまま見ているほかなかった。

ヘンゲルの言う通りである。このままジャンヌと会えなくなるくらいなら、だめでもともと傷ついたほうがよほどましなのだ。すでに十分傷ついているのだから。

オーガスティンの胸に、後悔の念がじわじわとせりあがっていた。

＊

『今、たしかに「マグノリア」と聞こえましたな……』

ライムじいは『沢の寄り道』の窓際にぴたりと耳をくっつけて、割れんばかりの喧噪《けんそう》の中からなんとか単語を拾い上げようとしていた。客たちは酒が入っているので、みな怒鳴り散らすような大声でしゃべっている。

さわやかな避暑地であったはずのサールは、夜になるとその様相を変える。富裕層の住まいが近い劇場街は静かなものだが、居酒屋や卑猥《ひわい》なショーを開催する物見小屋が連なるこの通りは、下品な笑い声とアルコールの甘い匂いで満ちており、酔客や春をひさぐ女たちの姿だけでなく、ゴミを漁《あさ》りに山からおりてきた野良犬の姿も目立つようになった。真夜中の酒場にひとり、年頃のジャンヌの体を連れ込むわけにもいかず、やむを得ずの盗み聞きである。

足元でマックスが不服の「バウ」をとなえたが、我慢してもらうほかなかった。

『マックスよ、静かになさってください。今、ふたりのお嬢さまにとっての大切な局面なのですから』

ライムじいがここでうまいこと証拠をとらえることができたなら、クーロン家の未来は安泰である。

『意中の女性……マグノリア……なにがなんでも食い下がって……むむう‼』

ライムじいは戦慄する。

深刻そうに話し合う、ふたりの言葉が物語っている。

オーガスティン・バロー、やはりクロであったか。

このような不埒《ふらち》な酒場に出入りして悪だくみとは……。

つまさき立ちをして酒場の中をのぞきこむと、オーガスティンのほかにもうひとり男がいる。オーガスティンは彼を『ヘンゲル』と呼んでいるようだ。

（ヘンゲル……ヘンゲル……マリーズお嬢さまの恋人リストに名前がありましたな。銀行家のヘンゲル。身元がしっかりしていたので後回しにしておりましたが……倒錯的な犯罪を起こす人間が、実は真面目な職業というのは、古今東西よくある話！）

よもや、犯人はひとりではない？

たとえばヘンゲルが手紙を書き、オーガスティンが送付していたとしたら。手紙の消印はばらばらだったが、ふたりで協力すればロッテンバル国のあらゆる郵便局から手紙を送り続けることができるだろう。

マリーズがジャンヌを通して接触してきたことを、ここでひっそりと情報共有しているのではないか？

核心に迫りかけたそのときである。大男がのっそりと、窓から上半身をせりだして言った。

「おい、お嬢ちゃん。おなかすいてるなら入ったらどうだい」

『え』

「さっきからぴょんぴょん頭が見えてるんだよ。脚つるぞ。家出少女か？　一食くらいなら食わしてやるから、休んだら家に帰りな」

店主のようである。ライムじいは心の内で悪態をついた。この店主、とにかく声が大きいのだ。誰もがつばを飛ばして怒鳴り散らすような場所で働いているのだから、よく通る声の持ち主でなければ務まらないのかもしれないが……。

（まずい。オーガスティンに気づかれてしまいますぞ）

『ご、ご心配なく、じい……でなかった、私は未成年ですので』

「そうかい。じゃあ、裏の倉庫で食べな。腸詰を焼いたものと卵料理しかないけどね」

『ご親切はありがたいですが……』

はっと、ライムじいは言葉を呑《の》み込んだ。

見ている。オーガスティン・バローが。端整な顔を驚きの表情に染めて、こちらをしっかりと見ている！

『店主よ。お声掛け感謝いたしますぞ。しかし火急の用件を思い出しましたゆえ、これにて失礼』

ライムじいは手を顔の前で立てて謝罪の意をしめすと、一目散に駆けだした。

マックスはしっぽをたてて、ライムじいと並走する。

「待って!!」

『沢の寄り道』からオーガスティンが飛び出してきて、叫んだ。

「待ってくれ、ジャンヌ！」

ライムじいは足を止めた。

ジャンヌは、オーガスティンに名を名乗ってはいないはずだ。

『なぜジャンヌお嬢さまのお名前を……こやつ、マリーズお嬢さまに関する嫌がらせだけではなく、ジャンヌお嬢さままでつけまわしておったか……』

「なにをぶつぶつ言っているんだ？　とにかく、君ともう一度話がしたかったんだ。ジャンヌ、僕のことを覚えていないかもしれないけど……ふぐうっ」

突然のことに、オーガスティンは股間をおさえてしゃがみこんだ。

ライムじいは容赦なく、オーガスティンの股に蹴りをたたきこんだのである。

『お嬢さまがたにたかる悪い虫は、このライムじいが成敗いたす』

「オーガスティン！」

騒ぎを聞きつけて、ヘンゲルがかけつける。ライムじいはマックスの尻を叩《たた》いた。マックスは牙を見せて、うなり声をあげてヘンゲルを威嚇した。

「おい、よしてくれ。俺は犬は苦手だ」

ヘンゲルは両手《もろて》を挙げて降参の意をしめした。

『貴様ら、恥ずかしくないのか。別れた恋人に嫌がらせの手紙を送り、おびえさせ、それでも男のすることとか。しかもよってたかってときた！　マリ……いや、マグノリア様がどれだけお苦しみになっているか、自分の欲を優先する貴様らにはわかるまい！　貴様らに騎士道はない、あるのは外道《げどう》だけだ』

「待ってくれ、何の話だ」

オーガスティンはヘンゲルの肩を借り、ようやくの思いで立ち上がった。

「オーガスティン、お前の好きな子喋《しゃべ》り方おかしくないか？」

「今は黙っててくれ、ヘンゲル」

ライムじいは憤怒《ふんぬ》の魂を燃やした。

『今すぐ生霊を飛ばすのをやめろ。ライムじいが魂を浄化してやる。聖水をあびせ、十字架に張り付けにし、祈りの言葉をとなえてやろう。このライムじい、己の魂と引き換えにしても貴様らの怨念を祓《はら》う心づもりである！』

「ジャンヌじゃないのか。彼女の体を使っているお前は何者なんだ」

オーガスティンは毅然《きぜん》としてたずねた。

「彼女と話をさせてほしい。それとも彼女はお前に呪われて話をすることも敵《かな》わないのか？　夕刻、ジャンヌが僕のことをおぼえていなかったのは――」

『先ほどはこの体、正真正銘のジャンヌお嬢さまである。お嬢さまの許可なくして、じいは動かせぬ。つまり貴様のことは、お嬢さまの眼中にない！』

きっぱりと言われて、オーガスティンはめまいがしたようである。ヘンゲルがあわてて彼を支えた。

『観念されよ。これから貴様らは聖水責めの刑である』

「——もういいよ、ライムじい」

ふっとまばたきをして、ジャンヌは己の魂を取り戻した。

「よく眠れた。交替しよう」

『しかし、ジャンヌお嬢さま。こやつらの処分をせねばなりません』

「こっそり情報を取ってくるだけのはずだったのに、あなたってばふたりまとめて相手してどうするのよ。女の子ひとりで敵うと思った？」

「バウ!!」

自分の存在を忘れられて、マックスは憤慨している。

「おい……どういうことだ」

めがねをはずし、ヘンゲルはまばたきをした。

「悪い夢を見ているのか？　あの子の中で誰がしゃべっている？　初めて見たぞ、悪魔憑《つ》きの女の子なんて」

「憑いてるのは悪魔じゃない。我が家に二百年仕えている執事の霊なの。ここまでばれたら仕方がないわね。私の見立てだと、あなたがたは完全にシロよ。ライムじいの推理は違うみたいだけれど」

「なにについてのシロなんだ？　俺たちは君に急襲されて犬をけしかけられている、オーガスティンにいたっては見事な金的を」

「悪いとは思ってるけど、それ私がやったんじゃないの。もうこれ以上乱暴はしないわ、あなたがたの周囲の霊が心配して集まってきた」

ジャンヌが目をすがめると、白くもやついた霊たちが姿を現した。夜はとくに死霊の活動が活発になる。

オーガスティンは、つま先に視線を落としている。

「あなたは見えないふりをしているのね、オーガスティン」

「………」

「そしてヘンゲル。あなたの思考はとても拝金主義。こういった思想を霊は嫌うの。だからそもそも生霊を飛ばすこともできない。ほら、そこの奥さんなんて嫌そうにヘンゲルのことを見てるでしょ」

ヘンゲルのそばでは、年老いた女性の霊が夫の後ろに隠れている。こういった金にがめついぎらぎらした者や、頭の中が肉体的快楽のことでいっぱいの人間は、幽霊から嫌われる傾向にあるのだ。

「なにを言っているんだ、この子。銀行家が拝金主義なのは当たり前だろ」

ヘンゲルは眉を寄せている。

ライムじいが大立ち回りをしたおかげで、酔客たちは興味津々で三人に注目している。犬連れの女の子が勝つか、男たちが勝つか——。くだらない賭けをはじめる者たちのただなか、店主が腕を組んで表に出た。

「お前ら、喧嘩《けんか》は終わったか？　突っ立ってるのも何だから、倉庫使えば。このまま金も払わずに出て行かれても困るんでね」

彼の提案に、三人はとりあえずうなずいたのであった。

＊

袋いっぱいにつめられたジャガイモがこぼれおち、割れた皿やグラスがぞんざいに寄せてある、埃《ほこり》っぽい食料倉庫。空のワイン樽《だる》をテーブルに、三人はにらみあっていた。

まず口をひらいたのはヘンゲルである。

「それで、ジャンヌとやら。なぜオーガスティンをつけていたんだ？」

「マグノリアに嫌がらせをしている人物をつきとめるためよ」

ジャンヌはくるりとカールした髪の毛先を、指先でいじった。

「彼女のところに、気味の悪い恋文がわんさか届いてるの。おまけに彼女の背中には生霊がもりもりついていて、体調も崩してる。私は彼女のかわりに犯人をつきとめようと、このサールまでやってきたのよ。マグノリアはサールで盛んに遊んでいたそうだからね」

「生霊ってなんだ。さっきから聞いてれば、君は死んだ人間が見えるとでも言うのか？」

ばかばかしい、とヘンゲルは言う。ばかばかしいと言うならそうなんでしょう。あなたにとってはね。私

「ええ、見えます。ばかばかしいと言うならそうなんでしょう。あなたにとってはね。私の説明をするのはめんどくさいからさっと省くわよ」

そもそも死んだ人間が見えるわけがないとか生霊なんているわけないとか科学的にそういった現象に説明がつくだとかのたまう人間に割く時間は、ジャンヌにとっては無駄そのものである。人生は短いのだ。それは死んだ人間の言葉が物語っている。

「あなたがた、マグノリアの恋人だったんでしょ。彼女がタチの悪そうなのと付き合っていたとか、そういうことは知らない？」

「さあね。そもそも俺たちが友人だというのも、非常に稀《まれ》な例だ」

ヘンゲルは腕を組み、おさまりが悪そうに肩を動かした。

「俺が投資案件のノルマで困っていたところを、彼女が『いい人がいる』と引き合わせて

くれたのがオーガスティンだ。金は持っているが欲はない男だ。彼が損しない程度にくれぐれもお願いね――とマグノリアが」

みずからの恋人同士を引きあわせるマリーズもマリーズだが、ヘンゲルとオーガスティンなら馬が合うと思ったのかもしれない。

「それで、あなたは言われるがままこの銀行家に金をつっこんだわけ？」

「マグノリアの顔を立ててもいいと思ったんだよ。サールの空き家を改築する不動産投資計画で、その会社の株を買わないかという話だった。借り手がいなければ大損だけど、サールにはこれからもっと人が流入してくるとは思っていたし」

「ああ……なるほどね。マグノリアは損しないだろうとわかっていたわけか……」

ジャンヌは腑《ふ》に落ちた。アパートメントはどこもコラールの教えを受けたい令嬢でいっぱいだ。聞けば、コラールはこのサールをいたく気に入って、花嫁学校の姉妹校を作る計画もあるという。

おそらくそれをうまく誘導したのは、マリーズであろう。

（我が姉ながらおそろしい社交力と計算高さだわ）

本題から逸《そ》れそうになったので、ジャンヌは軌道修正した。

「では、マグノリアの他の三人の恋人についても、知らないってこと？」

「三人どころじゃなかったんじゃないか。……まぁ、そうだな。彼女の『お気に入り』の残りの男たちについて、俺は顔と噂《うわさ》だけは知っているよ。サール中をめぐっては営業しているから」

聞けば、残りの三人はどれも裕福な色男で、女に不自由はしないタイプだという。俳優や経営者、どこかの貴族の放蕩《ほうとう》息子。

マリーズはあとくされない海の男をつまんでみたり、仮面舞踏会で一夜の恋を楽しんだりはしたが、相手はきちんと選んでいたようだ。

「彼女が絶対に手を出さなかったのは地元に根付いている聖職者と教師。職業柄まじめで思い込みが激しく、別れるときにもめる可能性が高いと言っていた。これはあくまでマグノリアの持論であり、すべての人間がそうではないと付け加えておく」

神経質そうにめがねをかけなおし、ヘンゲルは答えた。会話に保険をかけるのも忘れない周到さだ。

「どうもありがとう、ヘンゲル。それでオーガスティン。あなたさっきからずっとだんまりだけれど、本当は何か知っていることがあるんじゃないの？」

「え」

「マグノリアと恋人同士だったんでしょう。なにか知っていることはない？　彼女の周囲におかしな男がいたとか、彼女の様子が変だったとか……」

ジャンヌの問いに、オーガスティンは口ごもる。

「いや……なんといえばいいのか……今はちょっと」

「なんで今はだめなのよ」

いらいらとするジャンヌに、はっきりとしないオーガスティン。

ヘンゲルは突然心得たような顔をして、うなずいた。

「なあ、お嬢さん。俺はもうここらでいいか？　今日はふたりともおごるよ。明日早くから商談が入っていてね、仕込みがまだなんだ」

「ちょっと」

「オーガスティンのことは洗いざらい調べてくれ。俺の疑いは晴れたんだろ？　じゃあもう帰ってもいいじゃないか」

「ヘンゲル」

「うまくやれよ、オーガスティン。俺が口で援護するよりもふたりきりにしてやるほうが、この子の場合得策だよ。なんか普通の子じゃないみたいだし」

「そこ、なにをこそこそやっているのよ」

「なんでもない。そうだ、ここは酒のアテにショコラを出しているよ、食べたくないか。

店主に言って届けさせよう」

「……なら、お願いするわ」

ショコラに目がないジャンヌは、ヘンゲルの申し出をありがたく受けた。なにせ夕食も食べずにアパートメントを飛び出してきたので、おなかはぺこぺこだ。

足早にヘンゲルが出て行ってしまうと、ジャンヌは口をひらいた。

「なにか知っていることがあるのね。彼の前では話せないことが」

「ある……」

「そうよね。あなた『見えている側』の人間でしょ？」

ジャンヌの指摘に、オーガスティンはおびえたように彼女の瞳を見つめている。自己を開示することをとても恐れているようだ。

「あなたの周りに幽霊が集まってる。幽霊は見える人間に興味津々なの。ヘンゲルがいなくなったことで、この倉庫の周りは幽霊だらけよ」

窓の外は白い靄《もや》でうごめいていて、まるで湯気を放つ浴槽が倉庫の中に鎮座しているかのようだ。

「ヘンゲルは、ある種の虫よけになっていたのね」

オーガスティンがヘンゲルの投資話に乗ったのは、本人の言うように悪い話ではないと思ったのかもしれないが、それ以上にヘンゲルがそばにいることで幽霊を避けられる恩恵があったからだろう。良《よ》い顧客でいればヘンゲルはけして離れない。

「たまには僕だって、酒や外食や気の置けない会話を楽しみたいときもある。その相手にヘンゲルはうってつけだったんだ」

「幽霊がいたって楽しめばいいじゃない」

「僕は君とは違う」

オーガスティンは眉間にしわを刻んだ。

「君だって言われていただろう。悪魔憑《つ》きとか、ばかばかしいとか」

「気にしてないわ。退屈な人間の妄言なんて」

「ヘンゲルは退屈ではない。面白いやつだよ。生きている人間は、生きている人間と付き合うべきで、それが当たり前のことだ」

「私とは意見が違うようね」

店主がやってきて、ショコラの盛り合わせをワイン樽の上に置いた。「仲良くやれよ」と言い置くと、彼はジャンヌの前にさらに腸詰を添えたオムレツを置いていった。そういえば、さっきライムじいに飯を食わせてやると言っていたわね——ジャンヌはフォークを手に取り、ありがたく厚意を受け取ることにした。具はないがバターがたっぷり入っていて、おいしかった。

　無言で食事をむさぼるジャンヌを前に手持ち無沙汰になったのか、オーガスティンはしゃべり始めた。

「マグノリアと、最後に会った夜のことだ……彼女の背中に、うっすらと黒い靄がついていた。死んだ人間のものとはあきらかに気配が違っていて、僕はそのことを指摘したかったけれど、おかしな人間だと思われるのが怖くて、何も言えなかった。ただ困ったことがあったら言ってほしいとしか……」

「マグノリアは、その言葉を真に受けてあなたを面倒ごとに巻き込んだりしない女よ」

「わかっている」

「その靄を見たのはいつのこと？」

「つい最近だよ。一か月経《た》つかどうかだ」

　ジャンヌはオムレツをすっかりたいらげると、ポケットからナプキンを取り出して口をぬぐった。

「コーヒーって飲んでもいいの？」

「僕が頼むよ」

「ありがとう。前にいたところでは許されてなかったの」

修道院によって規則はさまざまだが、聖マリアナ女子修道院ではコーヒーは禁止だった。アルコールが飛んだワインや蜂蜜酒はよく出たが、眠れなくなるからという理由で子どもたちにコーヒーは配られなかったのである。

コーヒーにミルクを差し入れ、ショコラをひとつぶ口に放り込む。

「背徳的ね。娑婆《しゃば》に出たって感じだわ」

「君、今までどこにいたの？」

「修道院よ。ここからすっごく離れた場所の。私の両親は、私を悪魔憑きといってそこに突っ込んだの。十歳の春からずっとね」

「なるほど。それで君はサールにいなかったのか……」

「何？」

「なんでもない、こちらの話だ——それで、マリ……マグノリアは生霊のせいで苦しんでいるのか？」

「そう。具体的にはめまいがしたり、呼吸がしづらくなったりだけれど、これからどうなるのかはわからない。困ったことに手紙は彼女の住まいに届いていて、居場所を特定されているの。警備には力を入れているけど、いつなんどきどうなるかわからないでしょ」

「犯人が襲ってくる気配はない？」

「今のところはね」

「警察には、きっと言えないんだろうな」

「ご明察ね。騒ぎを大きくしたくないというのが彼女の意思」

「わかった。僕も協力するよ」

オーガスティンは言った。

「いっときでも恋人同士だったんだ。彼女のことを放っておけない。一緒に調査をしょう」

「そう？　たしかに協力してもらえるのはありがたいけれど……私も昼間は花嫁修業で忙しいし」

「なんだって？」

「協力してもらえるのはありがたいけれど」

「その後だ」

「花嫁修業で忙しい」

オーガスティンは明らかにうろたえていた。つまもうとしたショコラを皿の上に落とし、その後は微動だにしない。

「あなたってやっぱり挙動が変じゃない？　幽霊が見えるとか見えないとか以前に」

「花嫁修業って……それって結婚するための準備をするってこと？」

「それ以外何があるのよ。マグノリアのすすめでこのあたりの鬼教師に師事することになったのよ。この夏が終わるころには、私みたいな幽霊好きの偏屈女もどこに出しても恥ずかしくない淑女になっているはずよ。その教師が本物ならね」

そういうわけで、サールの予定はとても忙しい。主に鏡を見てニッコリする練習をして、何時間でもダンスを踊れるようにして、語学や刺繍《ししゅう》をたしなみ、お茶の作法を教わり、最終的には母親にかわりパーティーを主催できるノウハウを得たりするようだが、そういった『無駄な知識』を詰め込まれる時間が長すぎるのである。

(生霊事件をちゃっちゃと解決して、このコラールの地獄レッスンをさっさとイチ抜けしたいところね。そしてこのあたりにある墓場や廃墟《はいきょ》を散策する時間がほしい。名物のフランボワーズのパイやアーモンドの祭り菓子を食べ歩く時間があれば、なおのこと幸運だわ)

オーガスティンはしぼりだすようにたずねた。

「ちなみに……結婚の相手は決まってるの？」

「これから探すのよ」

彼はあからさまにほっとしたような顔をする。

「なんだ、そうか、それならいいんだ」

「でも私、結婚するつもりないの。家族にはそれを理解してもらわないといけなくて、そのために色々あってマグノリアに恩を売らなければならないのよ。彼女の口添えがあれば、私の母親も私に自由を認めてくれるはずなのよね」

そのために生霊事件はなんとしてでも解決しなければならないのだ──そう説明すると、オーガスティンはなぜか突然立ち上がった。

「そういうことなら、必ず犯人を捕まえよう」

「なによ、すごくやる気ね。助かるけど」

「いや……望まぬ結婚をしなければならないなんて、そんな不幸な女性はこの世からひとりでもいなくなればいいと思っただけだ」

オーガスティンは熱っぽく語る。

「そう。よくわからないけど、人手が多い方が効率はいいわ。聞き込みをするつもりだから」

「聞き込み？　マグノリアの恋人たちをたずねるつもりか？　ヘンゲルの言うように、残りの三人も生霊の犯人である可能性はうすいと思うが……」

「生きている人間については、あのヘンゲルという男を使えば有益な情報をもたらしてくれるでしょう。だから今度は私にしかできない方法で調査するわ」

ジャンヌはショコラをかみ砕く。

「──死んだ人間に聞き込みするのよ」

甘ったるいショコラがコーヒーに混じって体に溶けてゆく。ジャンヌは不遜に笑ってみせた。

＊

結論から言うと、コラールはジャンヌに対して匙《さじ》を投げかけていた。それも彼女の人生の中で特に大きな匙だ。何度言っても引きつり笑いしかできないジャンヌに、コラールは言った。

「ジャンヌ。あなたは顔立ちは整っていて、素材は悪くありません。なのにあなたの意志があなたの魅力を台無しにしています」

「お言葉ですがコラール先生。私とて笑顔くらいそつなくこなせるようになり、このようなバカげたレッスンからはそうそうに卒業したいという気持ちはございます。私の意志で笑えないのではなく、顔面の神経の構造的な問題から笑顔を形づくることが困難になっているのではないかと」

「教師には敬語を使うように。私の教えを忠実にこなしてくれたことは認めます。しかし『お言葉ですが』という前置きで始まる口答えは、私は一切聞きたくありません」

「恐縮ではございますがコラール先生。私とて笑顔くらいそつなくこなせるようになり、このようなバカげたレッスンからはそうそうに卒業したいという気持ちはございます——」

「前置きを変えたからと言って許されるわけではありません。本当に口の減らない子ね！」

「よく言われます」

「もういいわ。あなたのような子はもうレッスンに来なくてよろしい。このことはお姉さまに報告させていただきますよ。週末は自分の行いについてよくよく考えて反省なさい」

「えっ、レッスンに来なくてもいいんですか⁉」

ジャンヌは浮き立った。

コラールは興奮したように人差し指を天井に向ける。

「そう、その笑顔よ！　忘れないでジャンヌさん。今とてもいい笑顔をしていました」

「すみませんもう忘れました」

「思い出しなさい！　淑女にとって記憶力は必要不可欠なものです。忘れっぽい、うっかり屋な女性は恥をかきますよ。記憶力こそ淑女の気遣いにつながるのです」

「もう一度、レッスンに来なくていいと言ってくださいコラール先生」

「レッスンに来なくてよろしい」

ジャンヌの顔に笑顔がほころぶと、コラールはさっと鏡を取り出した。

「どう、ジャンヌさん。この笑顔よ」

「なるほど。開放感が私を笑顔にさせるんですね。おぼえました。この感覚を忘れないうちに自宅に帰り復習します。ごきげんよう」

どさくさにまぎれて早引けすると、ジャンヌは一目散に丘へ向かった。オーガスティンはきっと絵の続きを描いているはずだ。

ジャンヌの予想通り、彼は生真面目にキャンバスに向かっていた。左手で絵筆をとり、几帳面《きちょうめん》に絵の具を重ねている。人の周りには白が多く、もやっとした印象だ。

ジャンヌは同じ景色を見つめた。オーガスティンが白を塗っている場所では、死んだ人間がふらふらと歩いている。

(なるほど。幽霊がいる場所には白や薄紫を使っているのか。それでこの人の絵、印象がぼやけるんだわ)

ジャンヌが感心したようにながめていると、彼は突然振り返り、驚きのあまり絵筆を落としてしまった。

「な、なんだ君か」

「人のことを見るたびにびっくりするのやめてもらえない？」

そんなにびっくり人間芸ばかりやっていたら、良《い》い男も台無しである。彼は黙っていれば彫像のように完璧な顔立ちをしているというのに。

「いたなら声をかけてくれよ。花嫁修業の時間じゃなかったのか？」

「先生にもう来なくていいって言われたから、お言葉に甘えることにしたのよ」

「それってまずいんじゃないのか？」

「どうして？　来なくていいって言われてるのに、無理やり居座る方がどうかしてるわよ」

ジャンヌが当然のように言うと、オーガスティンは道具を片づけ始めた。

「描いていていいわよ」

「いや、いいんだ。別に急いで仕上げなくちゃいけない作品じゃない」

「誰かに依頼されてるんじゃないの？　それか、どこかのギャラリーに売りに行くとか」

「ただの趣味だよ。描いた絵は全部自宅の倉庫の中だ」

なんともったいない。ジャンヌは絵に詳しくはないが、たてかけられているオーガスティンの絵はサールの風情がしっかりとあらわれていた。ああおとした空や海、にぎやかな人々の夕暮れ時の一場面。それに幽霊の靄《もや》が加わって、魅力を引き立てている。この絵をほしいという人は必ず現れそうなものだが。

「あなた画家じゃないの？　マグノリアからそう聞いてるけど」

「いや……絵の中では、真実を描いてもかまわない。そういった世界を楽しんでいるだけだ」

もやつく幽霊を描きだしたとしても、キャンバスにあるのはあくまで創作だ。そう言い張ることができる。

「それで肖像画は描かないのね。その人の背後に幽霊がうろついてたらそちらが気になるから？」

「そうだよ。マグノリアの顔は、きっともう見えづらくなっているだろう。最後に会ったときは黒い靄が彼女の背中にたっぷりくっついていたんだ。その生霊が僕が見たときよりも増幅しているならなおさらね」

「でも、絵を売らないならあなたはどうやって食べてるの？」

「僕のことはいい。君が知らなければならないのはもっと重要なことだ」

絵筆と絵の具をすっかりケースにおさめて、キャンバスを布でくるんでしまうと、オーガスティンは言った。

「さて、聞き込みをすると言っていたね。どこへまわろうか？」

「マグノリアが行きずりの男をひっかけていたあたりって、どこかわかる？」

「ああ……彼女、漁師が好みだったな。そうすると繁華街だね。あとは一夜の相手だと、旅行客の出入りする劇場まわり……」

「案内して。きっと目撃している幽霊がいるわ」

ジャンヌはオーガスティンを伴って歩き出した。オーガスティンは文句も言わずに、彼女の後をついていった。

＊

「コラール先生はさっそくジャンヌに手を焼いているようね」

クーロン邸。マリーズはコラールからの手紙を机の引き出しにしまった。母のデボラには「万事つつがなくレッスンは続いている」と報告せねばならない。また騒いで寝込んでとんでもないことを言い出されてはかなわない。

「マリーズ様。サールの不動産について、リストと賃貸状況をとりまとめました」

「ありがとうモーリス」

「熱心にかの地の土地や建物をご購入されておいでですが、何かお考えが……」

「コラール先生が姉妹校を開校される予定なのよ。今度のターゲットは小国のお姫様や貴族たちですって。港町のサールは留学先にぴったりでしょう。校舎はもちろん、生徒たちの寮や保護者を宿泊させるためのホテルも必要になる。おそらくこの話は現実になるでしょう——なので私の知り合いに、ちょっと話をして協力してもらったのよ」

このような話、ヘンゲルはけして見逃したりしない。さっそく銀行の担保で押さえられている物件を紹介してもらった。

かといって、この花嫁学校計画をマリーズひとりで切り盛りするには手間がかかりすぎる。ヘンゲルが経営者となっている不動産会社に多額の出資をし、マリーズは経営陣のひとりに名を連ねた。

今は名ばかりの経営者だが、そのうちヘンゲルともマグノリアではなくクーロン女伯爵として再会することになるだろう。

彼は愛より金銭を優先する。おそらくこじれはしないだろう。

「私の土地で学校を開くのだから、ジャンヌが多少生意気でも見逃してくださるでしょう」

「まことに妹さま思いでいらっしゃる」

モーリスはそう言ったが……。

マリーズは背中が重たくなる感覚に顔をしかめる。年老いた執事にまで嫉妬するとは。異性とみれば子どもであろうと老人であろうと、この生霊には関係ないらしい。

「悪いけれどモーリス、少しひとりにしてくれない。考え事をしたい気分なの」

「かしこまりました」

モーリスが出て行ってしまうと、マリーズは書斎の中をあてどもなく歩き出した。

「アロイスがいてくれたら……」

彼女は目を閉じ、そうつぶやいた。

妹思い。そんなはずがない。自分が拒絶した道を、ジャンヌに押し付けようとしている。まわりまわってこれが彼女の幸せになるはずだと思いながら、自分が嫌う母親と同じやり方で妹を追い詰めている自覚もある。

弟のアロイスならこんな時なんと言っただろう。彼は自己犠牲精神のかたまりであった。だから家族の反対を押し切り、激戦地へ旅立った。生きていれば今頃士官として、王都のこぎれいな官舎で働き、美しい妻をもらって、クーロン伯爵としてつつがなく暮らしていたはずだ。

「すべては私が悪いのだわ」

弟の死は事故だった。たまたま銃が暴発した。その説明を受けても、マリーズの心が晴れることはなかった。

たとえ事故がなくとも、彼はどのみち戦地で命を落としたのではないかと。

——私が、彼を戦地に追いやった。

アロイスの死の悲しみは、クーロン家にこびりついて離れない。

マリーズは、それをひとりで背負う覚悟をしたのである。

＊

『ああ、あのきれいなお嬢さんね。そういえばこのあたりでよくお酒を飲んでいましたね。よくおぼえていますよ。まるでイレーヌ女王のような美しい金髪の。イレーヌ女王って今の若い人はご存じないわよね』

「知ってるわ。今から千二百年前、継承争いで矢面に立たされた悲劇の女王でしょ」

『そうよ。もうそんなに経《た》ちますかね。私はイレーヌ女王の凱旋《がいせん》のとき、このあたりで彼女の輿《こし》をなんとか見たいと立っていてね、ああ、懐かしい。陛下は私のような庶民にも手をふってくださったわ』

「それで、イレーヌ女王は戦争のときに自軍の旗に細工をしたっていう噂《うわさ》は本当なの？　吸収した兵を鼓舞するために旧家の紋章を縫い取ったという……」

繁華街の路地裏に、ひっそりとたたずむ女性の霊を見つけると、ジャンヌは新聞記者の取材かと思うほどすばやくその女に張り付いた。

サールに長いこと居つく女の霊は、そんなジャンヌの姿に驚いていたようだが、おしゃべりに飢えていたのか、すらすらと話している。

「ジャンヌ。聞くべきことを聞いてくれないか」

質問がわき道にそれているのを察して、オーガスティンがやんわりと注意する。

彼は幽霊の声を聞き取ることはできないが、当然ながらジャンヌの言葉はしっかり届いている。

ジャンヌは興奮したように瞳をかがやかせる。

「これほどの古株の幽霊に出会えることってめったにないのよ。これも確かめておかないと」

「今は生霊の犯人を捜すべきだろう」

「わかってるけど」

ジャンヌはしぶしぶ話題を切り替えた。

「その、マグノリアという女性と関係を持っていた男で、やばそうなやつを捜しているの。生霊を飛ばすほどの怨念の持ち主よ」

『生霊ね……それはおそろしいわね。イレーヌ女王の叔母のレティシア様もそれはそれはすごい嫉妬心の持ち主で、イレーヌ女王の人気ぶりに嫉妬して夜な夜な呪術に手を出しては生霊を飛ばしていたという噂があったわ……イレーヌさまは大事なご公務の日にかぎって寝込むようになって……』

「えっ、それって本当なの。レティシアって正史では非の打ちどころのない聖女って言われていたわよね」

「ジャンヌ」

オーガスティンにたしなめられ、ジャンヌは咳払《せきばら》いをする。

「生霊を飛ばしそうな男を、このあたりで見たおぼえはある？」

『さあねえ……私もこのあたりをただよっていて長いけど、本当にいざこざの少ない町なんですよ、サールって。漁師の気性は荒いけれど喧嘩《けんか》しても翌日はけろっとしているし、痴情のもつれで問題が起こっても、町の人たちが仲裁に入ったりするんですよね。恨みや憎しみの念がここを通り過ぎるのを、めったにみることはないですよ』

「そうか……」

『ああ、でもね。最近あちこちのお屋敷《やしき》にせわしなく人が出入りしているんですって。おかげで地縛霊のみなさんは住まいを失って、しかたなく海の方へ移動しているそうよ』

「お屋敷に？」

『新しい方が引っ越していらっしゃるんですかね。でもそのわりに、生きている人が入ってきた痕跡がないの。あけたままにしておくならみんなで住んでしまおうかって相談していたところなんです』

「わけあり物件になるってわけね」

『私たちがわけありにしてしまうのは何だが申し訳ないけれど、まあ、静かにしているつもりですよ。それなら問題ないでしょう？』

「もちろん。住むのが私のように『見える人』でなければね」

ジャンヌはオーガスティンに視線をやった。

「だめね。このあたりの幽霊たち、だいたい話を聞いたけど誰も生霊について知らないみたい」

「そうか」

オーガスティンは、幽霊と目を合わせようともしない。

「そんなに避けなくても、この奥さんはあなたを襲ったりしないわ」

「わからないじゃないか。幽霊の中にはタチが悪いのもいる」

オーガスティンは目をつりあげる。

「なにをそんなにおびえているのよ」

「少し歩こう」

ふたりはあてどもなく歩き出した。生きている人間のにぎやかな声が聞こえる場所へ。うるさいだけの空間であったが、オーガスティンにとっては人の気配がそばにあることが居心地が良《い》いようだった。

「……誰かの視線があるから幽霊を見ないふりをしているというより、本当に幽霊がだめみたいね」

「絵を描いているときは平気だ。でも普通の人でいなくちゃいけない時はだめだ」

「普通の人でいなくちゃいけない時？」

同じく幽霊を見ることのできるジャンヌの前で、遠慮することはないはずなのに。オーガスティンはかたくなに彼らの存在を受け入れようとはしない。

彼はぽつりぽつりと話し始めた。

「昔……屋敷に小さな男の子の幽霊がいた。手招きをされて、僕は使用人の子どもが迷い込んだのかと思って、ついていった。深い森の中に、いつのまにか誘導されていた……」

男の子は一切口をきこうともしなかった。もともと喋《しゃべ》れない子なのかもしれないと思ったが、なにかがおかしい、そう気づいたときには、帰り道がわからなくなっていた。オーガスティンはおそろしくなって、男の子に背を向けて、走って逃げようとした。

そのとき、男の子は世にもおそろしい牙をむいて襲い掛かってきた。あまりの恐怖にオーガスティンは気を失った。目覚めたときは子ども部屋のベッドの上であったという。

「そのあたりで男の子がオオカミに食い殺されたらしいという話を聞いたのは、使用人たちが総出で僕を捜しに来て、保護された後だった。僕は思った。男の子は、ひとりで死んだのが寂しくて……誰かを道連れにしたかったのかもしれないと」

「はあ。その男の子の事情なんて知ったこっちゃないわね。そういうのに会ったらもうブン殴るしかないわよ」

ジャンヌはあっさりと言った。

「道づれにされる前にブン殴りなさいよ。私ならそうする。幽霊にナメられたら終わりよ。生きている限りこちらが圧倒的に強いんだから、友好的でないやつには力ずくで追い払えばいい。ただし、初手でやるのが肝心よ」

「……ええ？」

「私はやり方をライムじいに教わったわ。まずニタニタ近づいてくるナメた霊がいたら祈りの言葉をとなえる。そして聖水を浴びせかけるとおどす。時によっては本当に浴びせるわ」

ジャンヌは香水瓶を取り出した。透明なガラス製で、金色に塗装された蓋がついている。よくみればドレスのあちこちにチャームをひっかけられそうな仕掛けがほどこされており、ジャンヌは聖水を集めてはドレスにくっつけて歩いているようだった。

「それ聖水なの？」

「ええ。私、修道院にいたのよ。これくらい朝飯前で用意できるわ」

「用意がいいんだね……」

「だいたいの霊は、聖水を浴びせればひとたまりもなく消えてしまうわ。でも強い怨念を持つ者は、それだけだと心もとないわね。魔除《まよ》けのハーブを焚《た》く方法や、その霊が固執しているものを強引に破壊して無理やりあの世へ送り返す方法をとる必要がある。あなたにはこういったことを教えてくれる人がいなかったのね、オーガスティン」

香水瓶に視線を落としていたジャンヌは、突然顔を上げた。

『じいでよければいつでもお教えいたしますぞ』

ジャンヌが突然ライムじいと交替したので、オーガスティンはのけぞった。

「ライムじいか。い、今は大丈夫です。なんで急に……」

『香水瓶ごしにお嬢さまと目が合いましたので、僭越《せんえつ》ながら登場いたしました』

「今はいいわ、ライムじい。それより先日のことを謝罪したいんじゃなかった？」

『はい。先だっては申し訳ございませんでした、オーガスティン様。このライムじい、お嬢さまがたのことになると少々頭に血が上る体質でございまして、寛大なお心でお許し願いたい』

「い、いえ」

『もしや時すでに遅し。急所の方に問題が生じてしまいましたでしょうか』

「生じてません」

オーガスティンがきっぱりと否定すると、ライムじいは『安心いたしました。それでは』とそうそうに引っ込んでしまった。

「ごめんなさいね。香水瓶のガラスに顔が映ったから、ライムじいが出てきてしまったみたい」

「いや……大丈夫だ。仲がいいんだね、ライムじいと」

「はじめて降霊した霊だからね」

ジャンヌはもともと幽霊を恐れていなかったが、今にして思えば彼らとの付き合い方を教えてくれたのはライムじいである。友好的な霊や、そっとしておいてほしい霊、人に悪さをする霊、さまざまな幽霊と出会ったが、その性質に見分けがつくようになったのはライムじいの助言によるところが大きい。

「不慮の事故や悲しい出来事で死んだ霊というのは、怨念を残しやすいわ。私は、その原因については同情の余地があると思ってる。でも、だからといって他人も同じ目に遭えばいいと思っている人となんて、仲良くする必要はない。それは生きている人間でも死んでいる人間でも一緒でしょ」

「なるほどね。僕はオオカミに襲われたなんてかわいそうに、きっと友達がほしかったんだと思ったよ」

「私でも、オオカミに襲われたら痛いし辛《つら》いし、なぜ自分がときっと悔しく思う。でも、同じくらいの年頃の子どもをひっかけて、同じ目に遭えばいいとは思わない。同情はしてもいいけど、悪意にまで優しくする必要はない。だからブン殴ってわからせる。それで幽霊が正気に戻ってくれれば御の字じゃない」

ジャンヌは小さいこぶしをにぎりしめた。

「私とライムじいが、色々教えてあげるわよ。大船に乗ったつもりでいなさい」

ジャンヌの言葉に、オーガスティンの顔がほころんだ。

「それは心強い」

ジャンヌはふふんと胸を張った。

霊のことでこうして話して、心強いと言ってもらえたのは、初めてだ。

（いや……初めてだったかしら？　実はもっと昔にあったかも……？）

記憶をたぐりよせていると、オーガスティンが口をひらいた。

「しかし、先ほどの霊の話によるとあちこちの屋敷に人の出入りがあって、霊も行き交っているか。怪しい奴を見つけるのは大変そうだな」

霊たちが気に入っている場所はいくつかあるようで、聞き込みを続けたが場所は要領を得なかった。犯人がどこかの屋敷に潜伏していたとして、サール中の別荘を一軒一軒あたるのは、時間がかかりすぎる。

「そうだな……ちなみに、犯人はマグノリアに、手紙を通してなんと言っていたんだ。そこに手がかりはないかな」

「口にするのもおぞましい言葉を連ねていたわ」

「わかった、そこから推理するのはよそう」

「ああ、でもやっぱり別荘が何とか言っていた。だからここに来たのよ。サールってお金持ちの別荘地じゃない。マグノリアもここで男漁《あさ》りをしていたというし、てっきり彼女と住む家を探していたんじゃないかと思って。家はすでに買ったっていう記述もあったわ。

でも、困ったわね。サールにこんなに別荘が多いと思わなかったわ」

「最近は開発が進んでいるからね。ここ十年ほどで大きなお屋敷やアパートメントがいっせいに建てられた。ここは住み心地がいいし、経済的に裕福な人も増えた。貴族だけじゃなく、労働者階級層も別荘に手が出やすくなったんだよ」

オーガスティンはあごに指先をあてている。

「やはり、ヘンゲルと落ち合おう。彼ならば知っていることがあるはずだ」

＊

居酒屋『沢の寄り道』。先日騒ぎを起こしたばかりだと言うのに、同じメンツが懲りずに集まっていた。空のワイン樽《だる》の前に集まって、三人はめいめいに顔をつきあわせた。

「ここ半年で、別荘を購入した人の情報が知りたいって？」

ヘンゲルは煙草《たばこ》に火をつけようとして、やめた。女性の前では吸わないのが彼のルールらしい。

マリーズ宛の手紙を引っ張り出して、ジャンヌは消印をたしかめた。男が別荘を購入したと宣言したのは今からちょうど半年ほど前である。

「悪いけどおいそれと情報は教えられないな」

「私が知りたいのはこれだけ。あなたの顧客の中で、一風変わった人物がいたかどうか。変わっていなくとも、新規の顧客でもいいわ。そしてその中から、別荘を購入したものの一度も使った形跡のない人の情報よ」

それだけでも割り出せれば大きな手がかりになる。少なくとも一軒一軒、別荘を捜し回るよりはましだ。

ちゃっかりオーガスティンにコーヒーとショコラをたかると、ジャンヌは我が物顔で口をつける。

「それはいるけど、ひとりやふたりじゃない。人に貸すために購入して、入居者を待っている物件なんてたくさんある」

「もしかしたらあなたの知っている人が、マグノリアに危害を加えるかもしれないのよ。マグノリアがいなければあなたの商売だってずいぶん苦しい思いをすることになるんじゃないの」

「お嬢さん。銀行家っていうのは信用商売だぞ。なんでもぺらぺら顧客の情報を流すわけにはいかないの」

「もしその別荘が犯罪的理由のため購入されたのなら、あなたにも責任が問われるんじゃゃないの、ヘンゲル。マグノリアを拉致して監禁するための物件かもしれないわよね」

「それはさすがにとばっちりだろ」

「その恐れがあるのに見過ごしたってことだもの。あなたが物件を紹介して、故意に見て見ぬふりした可能性だってあるわ。もしかしてあなたの会社って犯罪者に全面的に肩入れしちゃうような、後ろ暗い商売をしているわけ？　ねえ、オーガスティン」

「………」

「オーガスティン、この子は俺を超える口達者だな。男だったら部下にしたいところだよ」

「悪いけど私は拝金主義者じゃない」

まいったような声を上げて、ヘンゲルは言った。

「それにしたって顧客名簿を渡すわけにはいかないぜ。顧客がマグノリアに手を出すって決まったわけじゃないだろ。俺はクビになりたくない」

「こうしましょう。あなたはここで仕事の愚痴を言っただけよ。顧客の個人名を出す必要はないわ。ただ、身体的特徴とか、ざっとどこからやってきた人とか、そういうぼんやりした情報を小出しにしながら、やるせない仕事について語っただけ。酒場って言うのは仕事の愚痴をこぼすのにうってつけな場所なんでしょう」

「それにしてもだな」

「私、マグノリアからあなたに手紙を預かっているのよ」

ジャンヌはハンドバッグから、マグノリアの封筒を取り出した。

「これをまちがって奥さんに渡してしまうかもしれないわ。私ってうっかりドジな使用人だから」

オーガスティンに近づいた時と同じやり方で、ジャンヌは手紙を用意していた。ヘンゲルの場合は、たまたまオーガスティンと一緒にいるところに出くわしたため、この手紙の出番はなかったのである。

「そんな狡猾《こうかつ》そうな顔してどこが『うっかりドジ』だ」

「人は見かけによらないものだわ」

「……わかったよ。今からこぼすのは愚痴だ。これは貸しだからな、オーガスティン」

「僕に対する貸しなのか」

「当たり前だろ」

ヘンゲルはめがねをかけなおすと、ようやく口を開いた。

「家っていうのは、パンや服のように身元のよくわからない人間に売ることはできない。すくなくともうちの会社はそうだ。素性のあやしいやつに物件を売り渡して、迷惑行為でもされて近所から苦情がきたり、お嬢さんの言う通り犯罪組織の根城にされてこちらまで巻き込み事故を食らったら、売却利益以上に大損になりかねない。だがある程度の社会的身分さえ持っていれば、わりと簡単に話は通る。だからうちの顧客は貴族や大商人ばかり、あとは地元の聖職者なんかは、お得意様だ。信用がある。そういう連中は金がなくとも物件を購入できる。購入費用は利子付きでうちの銀行が貸し出すんでね」

「それで、身分のたしかな人が購入したままほったらかしているのは、どのあたりに建っているお屋敷《やしき》なの？」

「…………」

「ネタはあがってるのよ。このあたりの地縛霊がすみかを失って迷子になって、その物件に集まろうかって相談しているの。購入者には入居前に聖水をふりまくことをおすすめするわ」

「それが本当なら、こちらとしても冗談ではないな」

幽霊が見えなくとも、気配を感じたり、悪夢を見たりする、感じやすい人はいる。新居に住んでから体の調子が悪いと訴えられてはかなわない。

「先ほども言った通り、入居者を待っている物件というのはたくさんある。だが一時的なものだ。サールは避暑地として以前から人気のある土地で、最近は永住希望者も後をたたない。あちこち海を渡った船乗りが、仕事を引退したのちにサールで居を構えたりもする」

　しかし、入居待ちの物件はアパートメントやひと家族が住む用の小さな家ばかりで、いつでも新しい住人を迎え入れられるよう、大家がしっかり管理しているという。

「一軒だけ、丘の上にそびえる立派な屋敷があいている。しかも持ち主はお嬢さんの言う『一風変わった人物』だ。俺に心当たりがあるとしたらそこしかない」

　もとは地元の有力者が住んでいたそうだが、残念ながら元の持ち主は海難事故で亡くなった。サールではさほどめずらしくもないことだ。

「その後遺族から我が社が物件を買い取った。広大な庭と巨大な邸宅を管理するのは大変で、遺族は手放したがったんだ。そのうち、その物件を購入したいと言う男が現れた。王都からふらりとやってきた若い男で、ろくに見学もせずにポンと屋敷を購入したので、驚かされた。もうすぐ結婚するから、彼女とハネムーンのバカンスを過ごすために家を買うと言っていた」

　その後も結婚記念日の時期に毎年この屋敷で過ごせたら最高だと思ってね、と男は言った。ヘンゲルはもみ手をしながら「すばらしい結婚生活になることは間違いないでしょう」と笑顔で答えた。

「饒舌《じょうぜつ》に新婚生活の理想を話すわりに、目が笑ってなかったんだよ。なんとなくうさんくさい奴だなとは思った。まともな男なら、いくらいい女と付き合っていても吹聴したりしない。そして相手の女性がどんな人物か、俺が話題のひとつとしてたずねても、具体的なふたりの思い出というのが出てこないんだよな。金髪の、とびきりの美女とだけだ」

――金髪。マリーズの特徴には合致する。

その男の名は、と口元まで出かかったが、ジャンヌはこらえた。名前は言わずともよい、仕事の愚痴のていで話してくれと言ったのは自分だ。

「しかし屋敷を購入したまま、男がサールにやってきた形跡はない。定期的に人をやって草むしりをさせたり窓をあけて空気を入れ替えたりはしているようだが……もちろん代金の支払いが滞っているわけではないから、俺は文句の言いようもない。ただ不気味なだけだ」

「結婚の約束がなくなったんじゃないか？　そして目的を失った」

オーガスティンがそう言うと、ヘンゲルはうなずいた。

「俺もそう考えたさ。だがもしそれが真実なら、あの家を売ってもいいんじゃないか。それか人に貸して、家賃を徴収すればいい。次の妻と過ごすためにとっておくことにしたって、縁起が悪いだろう。今は地代が高騰して、あのあたりの土地建物の価値は購入した当時より上がっているんだ。何なら購入した物件を売却して、もっと利便性のいい場所の、別の屋敷を紹介してもいい。俺がその話を提案したところ、やはり屋敷はそのままでと返答された」

使われる当てのない屋敷は、バルコニーから青々とした海がのぞめるすばらしい景観が売りだったが、窓はしめきられ、息をひそめるようにして立っているという。

「そう。そのお屋敷をぜひ見学してみたいわね」

「そうは言っても、すでに我が社のものではない。持ち主の許可がなければ入れないさ」

「たとえばそのお屋敷になにか問題が起こって、あなたが持ち主の代わりに様子を見に行くのはありなの？」

「どんな問題を起こす気なんだ」

「問題はすでに起きているの。その物件が霊のたまり場になるかもしれないんですからね」

屋敷の中に、犯人の手掛かりがあるかもしれない。ジャンヌはこの情報を無駄にするつもりはなかった。

「でも、いいわ。あなたの情報で確信を持った。これ以上は巻き込むつもりはないわ」

景観の手掛かりからでも、割り出しは可能だ。

（あとは力ずくで忍び込んでやるほかないわね）

嫌な予感がしたのか、ヘンゲルはオーガスティンに言った。

「このお嬢さん、絶対に不法侵入する気だぞ。お前は止めてくれるよな」

「……不法侵入でなくなればいいんだろう」

「オーガスティン、お前まで」

「マグノリアが危険かもしれないんだ。お前は彼女に恩があるはずだ」

彼の言葉に、ヘンゲルは口をへの字に曲げている。

「俺は知らないからな」

「その言葉さえ聞ければ、こちらとしては十分だ」

オーガスティンは、ジャンヌに向き直った。

「ライムじいを降霊してくれ。あのマスティフ犬が必要になる」

＊

マックスはくんくんと敏感に鼻を動かすと、真っ暗な屋敷の周辺をうろうろとしはじめた。ヘンゲルいわく定期的に人をやっているとの話だったが、庭は枝木や草が伸び放題であり、門前に置かれた小さなオブジェは海風や雨にさらされて朽ちかけていた。

「まさに幽霊屋敷ね」

『その通りでございますな、ジャンヌお嬢さま。こんな汚らしいお屋敷、見ているだけでじいはおぞけが立ちますぞ。このような場所に女性を連れ込もうなどと言語道断、失礼千万の極みでございます』

ライムじいのそばでおすわりをしたマックスも、同意するように「わおん」と吠《ほ》えた。

「それで、マックスをどうするの？　オーガスティン」

「幽霊がどうとか言って屋敷を調べさせてくれと言っても、ほとんどの人は幽霊が見えないのだから断られるだろう。僕たちが気味悪がられるだけだ。だから犬が迷い込んでしまったから屋敷に入れさせてくれと言うんだ」

「ヘンゲルがさっさと屋敷の持ち主の名前を吐けばいい。ただそれだけで解決するのに」

表札もない。ひびの入った門があるだけだ。

「そうだね。でもここを買った奴がマグノリアに嫌がらせをしているという確たる証拠もない。さすがに無理強いはさせられないさ。ヘンゲルだって、別荘管理人に連絡してくれた。報酬なしのわりには動いてくれた方だ」

ヘンゲルがしらせをもたらしたのは港に住んでいる老夫婦で、今はこのあたりのさまざまな別荘の管理を任されているという。だがこの荒れ放題の庭を見る限り、仕事がこまやかとは言えないようだった。

「適当な仕事をしているようだし、そう言えば簡単に開けてくれそうよね」

ライムじいの合図でマックスは伏せをし、門扉の下に器用に体をすべりこませていった。

「管理人を待とう」

ほどなくして、遠くから揺れるカンテラの明かりが見えた。年老いた男がよたよたと丘をのぼってやってきたのだ。

「犬が逃げ込んだっていうのは本当ですかね」

屋敷の奥から、マックスの遠吠《とおぼ》えが聞こえる。

オーガスティンがそつなく答える。

「ちょっと目を離したすきに侵入してしまったんです。本当に申し訳ありません」

「こんな夜中に勘弁してくださいな。このあたりは私有地ですよ。ご存じないんですか」

「ええ、知らなかったわ。あまりにも草が高く生えていて、看板が目に入らなかったの」

ジャンヌの言葉に、管理人はにがにがしい反応を見せる。

「……今開けますから、手短にすませてくださいよ」

「お手数おかけします」

管理人が門をあけると、ジャンヌはすぐさまライムじいと交替した。

　ライムじいは声をひそめて、オーガスティンの服の袖をつかむ。

『オーガスティン殿。マックスにはしばし姿を見せぬよう指示を出しております。今のうちに屋敷の中を調べねばなりませぬ』

「わかっている」

『私から霊たちに呼びかけましょう。オーガスティン殿は霊が見えるものにしか心霊現象を理解できるはずはないとおっしゃいますが、こういった使い方もできるのですよ』

　ライムじい──ジャンヌが右手をあげると、屋敷中の窓ガラスが震えた。生暖かい空気をともなった不吉な風が吹き抜け、人のうなり声によく似た音が響き渡った。

「な、なんだなんだ」

　管理人はあわてた様子である。

『管理人殿』

　ライムじいはかしこまったような口調になった。

『失礼ながらカンテラは管理人殿がお持ちのひとつしかございませぬ。私どもの愛犬の捜索はあとまわしで構いませんので、屋敷《やしき》の中を確認した方がよろしいのではないですかな』

「しかし……」

『さきほどの様子、屋敷に何者かが侵入している可能性がございます。私たち、全員で一緒に行動するのが得策かと』

オーガスティンはもっともらしくうなずいた。

「犯罪者が住み着いているかもしれない。誰かが屋敷の中にいるというのなら、我々ではなく警察の出番になるな」

管理人はあからさまにうろたえている。

「警察沙汰はちょっと……」

オーガスティンはわざとらしく提案する。

「そうですね。おおげさにするのはよろしくないかもしれません。そもそも鍵をあけてもらわなければ我々はここに入ることもできなかったのです。私たちの犬だけではなく、中に野良猫か何かが入り込んでいるだけかもしれません」

『しかし、門扉をよじのぼって中に入るような輩《やから》かもしれませんぞ』

万が一路上生活者が住み着いているなどという可能性を考えたくなかったのか、管理人は、オーガスティンの説に賭けることにしたようだ。

「野良猫ですか……可能性はありますね」

ライムじいが、こっそりと指を鳴らす。風はさらにたたきつけるようにうなり、窓をがたがたと揺らして、爪でひっかいたかのような細くするどい音がした。

「わかりました。早いところ屋敷の中を確認しましょう」

管理人はもたもたと鍵束をいじって、ようやくお目当てのものを見つけ出すと、屋敷の扉を開けた。

カンテラのおぼつかない明かりのおかげでそう見えるだけかもしれないが、庭の荒れようと比べて、屋敷の中はそこまでひどい有様《ありさま》でもないようだった。

ジャンヌはめざとく屋敷を検分した。

（そもそも家具が少ないわね。入居したことがないといっても、持ち主の趣味嗜好《しこう》なんかはあらわれそうなものだけど）

玄関ホールやパーラーなどをまわったが、置物どころかソファのひとつもない。荒れていないというよりは、荒れようもないといったところだろう。埃《ほこり》や蜘蛛《くも》の巣を払えばすぐに住めそうである。

「ちなみに、このお屋敷はどなたが購入なさったものなのですか？」

いよいよこの質問だ。

ジャンヌがたずねるが、管理人は「さあ」と言葉を切った。

「私は仕事を紹介してくれる人から頼まれて、鍵をお預かりしているだけなんですよ。どのような身分、どのような立場の方が今このお屋敷の持ち主なのかわかりません」

「ご自身が鍵をお預かりしているのに？」

「そういうものなんですよ、このあたりの別荘守りというのはね。なにせ建物の持ち主があっちこっちに代わるものですから。おまけに人に貸したりするでしょ」

最近ここを購入したとかいう、若い男について知りたい——ジャンヌは喉元までその質問がせりあがっていたが呑《の》み込んだ。あまりにこの屋敷の事情に詳しすぎると、犬がいなくなったという嘘《うそ》が露呈してしまう。

「持ち主がわからなくとも別荘番ができるものなんですか？」

オーガスティンがたずねたとき、カンテラの明かりが消えかけた。一同は立ち止まって、火のゆくすえを見守った。明かりはなんとか勢いを保ったようである。

「別荘番といったってね、私たちは空気の入れ替えくらいでいいって言われてるんですよ。もちろん、夏中そこに住み込みで働いて、清掃やら買い出しやらお食事の世話やら何から何までやるように頼まれる場合もありますけどね。それはもっと若い人の仕事です」

管理人が言うには、この屋敷の持ち主は相当な変わり者のようで、ヘンゲルを通して金をよこし、こう注文したという。

「定期的に屋敷の空気を入れ替えること。ただし寝室には入ってはいけないと。そして自分の正体を知ろうとしないこと、いっさい干渉しないこと。これを守ってくれるなら、屋敷が存在するうちは雇用を保障すると。もう年をとって海に出て働けなくなりましたからね、少々かわった方だとは思いましたが、私と妻はありがたい話とこの仕事を受けたんですよ」

「そう……」

ジャンヌはあたりを見回した。霊たちがこわごわとこちらを見ている。

管理人の相手をオーガスティンに任せ、彼女はそっと霊たちに近づいた。

「驚かせてごめんなさいね。私たち、生霊を飛ばしている人間を探しているの。あなたがた心当たりない？」

ひそひそと声をひそめてたずねると、霊たちは顔を見合わせる。ひとりの男が感激したようにたずねた。

「あんた、俺たちのことが見えるのか？」

「はっきりとね」

「それはすごい。歓迎するよ。もう俺の屋敷でもないが、生きていたころは長らくここに住んでいたんだ」

船乗りらしき男は、以前の屋敷の持ち主だろうか。せり出した腹と余裕のある笑みはとても裕福そうである。だが彼の腰には太い縄がまきついている。体中傷だらけで、左足は完全になくなっていた。

「海難事故で亡くなったという、ここにお住まいになっていた方ね」

「そうだよ。俺の名はデュドネ。十年前はここらでも五本の指に入る金持ちだった。造船所も経営してたんだ。船を持たない漁師に、自前の船を貸していた」

それでこれほどの大きな邸宅を建てたのか。ジャンヌは納得した。

「だが船が沈んでね、見ての通りのありさまだ」

ジャンヌは顔色も変えずに言った。

「大自然を相手に、相当な激闘だったのね」

「おいおい、結構な大けがじゃないか？　女の子なら悲鳴くらいあげてくれてもいいと思うけどね」

「悪いけど見慣れているの」

冷めたジャンヌの反応に、デュドネはがっかりしたようだ。

「せっかく幽霊になったんだから、人を驚かせるのも悪くないと思ったのに」

「それで、私の質問に答える気はある？」

「なんだっけか」

「生霊よ」

デュドネは、ようやくジャンヌの問いを思い出したようだった。

「生霊って、生きている人間が出す霊だろ。ここにはあんたら以外死んだ人間しかいないぞ」

「今の持ち主がこの屋敷を見に来た時、あなたも立ち会った？」

「ああ。この屋敷を手に入れるやつといったら、気になるに決まっている。俺はここの地縛霊だからな」

「どんな人だった？」

「地味な感じの、若い男だったね。名前はたしか、なんだったかな……」

「そこ思い出してほしいのよ」

「ヘンゲルだったような？」

「それは不動産よ」

ジャンヌの言葉に、デュドネはまいったように後ろ頭をかく。その手には海藻がひっかかっていた。

「不動産屋も買主も俺からしたらたいして変わらんよ。俺の屋敷を自分のものにしようとする連中だ」

古めかしいかぶりものをした女性の霊が、思い出したかのように言う。

「デュドネさん、思い出して。しばらく前に人が来たじゃない」

「人？」

「そう、寝室のあたりで、男の人がぼうっとしてたじゃない。覚えてない？」

「ああ。確かに……」

「壁紙を張り替えて、ベッドを運び込ませて、しばらくたたずんでいたじゃない。私たちよりもよほど死んだ人間のようだったので覚えていますよ」

「それっていつごろの話？」

「今よりひとつきほど前よ。ようやくここに人が住むのかと思って、遠巻きにながめていたの。でも寝室を整えたきりだった」

「そのとき、男はなにか言っていた？」

「そうね……アロイス、と」

「アロイス？」

ジャンヌは顔をしかめた。なぜ「マリーズ」ではなく「アロイス」なのか。

兄のアロイスは数年前に亡くなった。今回の事件に関係してくるとは思えない。

ジャンヌが霊たちと元気に会話をする様子に、管理人は驚きオーガスティンの方を見る。

「あの女の子、何してるんだ。ひとりでぶつぶつしゃべって」

「彼女、女優なんだ。でも台詞《せりふ》を覚えるのが大の苦手でね。すこしの隙間時間ができるとああやって次の舞台の台本を唱えることにしているらしいんだよ」

「唱えている時点でもう台詞は覚えているだろう。なぜ苦手なんだ」

「定着させる力が弱いからさ。次の台詞を入れたらすぐに忘れてしまう。苦手を克服するために、暇さえあれば台本読みを繰り返しているのさ」

オーガスティンの説明にはだいぶ無理があったが、管理人はこれ以上面倒ごとを増やしたくないという気持ちが働いたようで、それ以上は何も聞いてこなかった。

ジャンヌは小声で文句を言う。

「なにが女優よ。私のどこが女優に見えるっていうの」

オーガスティンは「仕方ないだろ」と管理人の方を気にしながらささやいた。

「僕だってもっとうまい言い訳が思いついたらそれを言っているよ。僕は君やヘンゲルとは違う人種だ」

「寝室のあたりにヒントがあるそうよ」

ジャンヌの言葉に、オーガスティンはうなずいた。彼が寝室から物音が聞こえると言うと、管理人の顔はこわばった。

「しかし、寝室には入らないように言われています」

「鍵はかかっているんですか？」

オーガスティンが静かにたずねる。

「鍵は……私がお預かりしていますが……」

「危険がないかたしかめるだけですよ」

「ですが」

迷う管理人をみとめると、ジャンヌはライムじいと交替し、ふたたび異音を起こした。

今度はデュドネたち住み込みの霊も協力し、寝室のドアの隙間から、強い風を吹かせている。

「何もなければそれでおわりです」

「……わかりました」

管理人は意を決したようにらせん階段に足をかけた。三人はゆっくりとのぼってゆく。

まっすぐに延びる廊下のつきあたり。戸惑った顔をした霊がジャンヌたちを見るなりあわてて消えていった。

（霊は人間の名残に引きつけられやすい。この部屋ね）

白く塗られた扉の前に立ちつくすと、管理人は意を決したように鍵穴に鍵をさしこんだ。

蠟燭《ろうそく》に明かりを灯《とも》し、部屋の全貌があらわになる。

「ここだけは人が住んでいるかのようね」

この屋敷《やしき》の中で――寝室だけが人を受け入れる準備が整っているようだった。天蓋付きの特別大きなサイズのベッドが置かれ、窓には落ち着いた青灰色のカーテンがかかっている。壁には果物の静物画。管理人が持ち上げたのは天使を模した燭台《しょくだい》で、マントルピースの上にはそろいの天使の小さなドールハウスが置かれている。埃《ほこり》をかぶっていたが、高価な調度品であることはひと目でわかる。

オーガスティンが続き部屋をたしかめた。そこに置かれていたのは白く塗られたさわやかなテーブルと椅子。眠る前のひとときをゆっくりと楽しめるような作りになっている。

ジャンヌはめざとく注目した。椅子に張られた布やベッドの天蓋から降りるカーテンは目の覚めるような青だった。

(ところどころにガゼルの青。やはり姉さんと過ごすことを念頭に置いての内装ね)

ジャンヌは無遠慮に天蓋のカーテンをめくりあげた。

ベッドの上には、封筒が一枚置いてある。

『アロイスへ』

この筆跡。ジャンヌは目を見張った。

(姉さんのだ)

差出人をたしかめる。

間違いない。マリーズからアロイスへ送った手紙である。

「なんでこんなものがここに……」

ここにあるはずのないもの。

ジャンヌはそれを手に取った。管理人から燭台を奪い取り、もう一度、視線で宛名をなぞる。

何度たしかめても、アロイスの名が書いてある。

「ジャンヌ。どうかしたのか？」

「ええ。とてもどうかしそうよ。頭が混乱してきた」

ジャンヌはベッドの枕元に散らばった封筒を手に取った。どれもこれも、マリーズからアロイスあてのものだった。封筒は開封されている。急いで中身をたしかめる。

霊たちの聞いた『アロイス』とは、ジャンヌの兄、アロイス・クーロンのことなのか？

くっきりと示されたアロイスの宛名に、マリーズの署名。ジャンヌは燭台をサイドテーブルに置き、それを指でなぞる。

「犯人は……マグノリアの正体を知っていたのか？」

オーガスティンの言葉に、ジャンヌは目を見張る。

「あなたも知っていたの？」

マグノリアという女が、女伯爵マリーズ・クーロンであるということに。

「あの……何かあったんですか」

管理人がこわごわとたずねてくる。ジャンヌは気を取り直し、急いで手紙の内容を確認した。

『アロイスへ
元気にしていますか。お母さまはあなたを恋しがっています。

軍事学校で友人がたくさんできたそうですね。

いつか家に連れていらっしゃいね。お父さまは若く将来のある方とお話をするのがとても好きだから、あなたの友人ならぴったりだわ。

マリーズ』

『アロイスへ

しばらく返事がなかったけれど、遠征に行っていたそうですね。学生でも遠征に参加することがあるのだと初めて知りました。きっと後方支援だと信じています。まさか危険な場所には行っていないわよね。

ジャンヌがあなたに言ったことは、気にしない方がいいでしょう。私もそうお母さまに言うつもりです。あの子がおかしなことを言うのはいまに始まったことではありません。

マリーズ』

『アロイスへ
先日のことは謝ります。私はあなたに対して本心ではないことを言いました。おとなしく結婚して、誰かの妻となり、誰かの母親になる心づもりです。ガゼルはあなたのもの、あなたが帰ってくるべきです。私がいなくなった暁には、どうかジャンヌのことは頼みます。
マリーズ』

『アロイスへ
軍事学校の生徒の遠征は、希望者しか参加できないのだと親切な方から聞きました。あなたは前線へ行きたいと志願したのですね。私に遠慮してのことならやめてください。今すぐ退学して、家に帰ってきてください。学校は別のところへ入り直すべきです。私はあなたを死地に追いやるために軍事学校へ入ることをすすめたのではありません。

マリーズ』

「——どういうことなの」

ジャンヌは急いで便箋をたしかめた。アロイスからの返事はないが、手紙の日付が進むにつれて、マリーズは追い詰められているように見える。

ジャンヌは最後の手紙に、もう一枚、便箋がはさまっているのを見つけた。

(筆跡が違う)

マリーズのものではない。

『マリーズへ

君の謝罪の言葉を聞けて本当にうれしい。ですが妻になるなら僕の妻になるべきです。あなたが羽を伸ばしているというサールに別荘を買いました。あなたの家族のことは僕に任せてください。アロイスはもう、いないのだから。

『愛《いと》しいマリーズ——あなたの生涯の恋人より』

「他に手紙はないの」

毛布をめくりあげ、ジャンヌは絶句する。

殴り書きをしたような、憎悪の言葉の数々。封筒にしまいきれないほどのたっぷりの便箋が、飛び立とうとする鳥のように浮き上がり、床に散らばった。

「なにこれ……」

そこに書き殴られているのは、今にも胃がただれるような文章。

『会いたい』『ずっと一緒にいたい』

『もうアロイスはいない』『君には僕しかいない』

そして……。

『君がのぞむなら、僕はアロイスになってみせる。君が反対するなら、軍事学校もやめる。君のためならば、なにもかも捨てられる』

足元にひらりと舞い落ちた手紙を手にして、ジャンヌは眉を寄せた。

「……これはただごとではないわね」

「お嬢さん、やめてください。こんなに散らかして！　ご主人様に見つかったらただじゃすまない。早くすべてを元の位置に戻して」

管理人は顔を真っ赤にして、つばを飛ばして怒鳴っている。

ふと、管理人の背後に心配そうな顔をして立っている霊が見えた。さきほどのかぶり物をした女性の霊である。

「お嬢さん、こちらをごらんになって」

彼女がチェストを指さしている。

「ここにいた男ね、なにかをしまっていったの。私じゃ開けられないのよ」

「どうもありがとう」

チェストをあけると、そこにはペンとインク壺《つぼ》と便箋、そして一枚の書類がおさまっている。

「犯人確定ね」

ジャンヌは燭台をかかげ、手紙に交じった一枚の書類を照らしあげた。

エリク・オジエ。

軍事学校の退学手続きが受理されたことをしめす書類であった。

＊

謎はいくつか残っている。

エリク・オジエの名を知る者は、生きている人間・死んでいる人間を含め、サールにはほとんど存在しなかった。マリーズの恋人であった可能性は、極めて低い。

そして、マリーズがアロイスへ書いた手紙が、なぜかあの屋敷にあったこと。

エリクはなぜあの屋敷を買い取り、寝室だけを整えて、マリーズへ手紙を送り続けていたのか。

この邸宅の持ち主、エリクはなぜアロイスの名を口走っていたのか。

そしてエリク・オジエとは何者なのか。

「ジャンヌ。この男がマリーズに送っていたという手紙、よければ僕に見せてもらえないか」

明け方の空が白むころ、オーガスティンはそう言った。

結局、管理人たちと口裏を合わせ、ジャンヌたちはこの寝室で見たことを口外せず、そっとしておくことにしたのだった。

「いいわよ。今からうちのアパートメントに来る？」

オーガスティンはしばし絶句してから、慎重に口をひらいた。

「夜中に抜け出していたのがばれたら、君は女子寮の管理人に叱られるだろう。手紙は後にして、今は部屋に帰って眠った方がいい」

「そんなの気にしなくても――」

言いつつ、ジャンヌはふらついていた。

彼女の足取りがおぼつかないのを見てとると、オーガスティンは肩を支える。

「疲れているんだろう。無理はよくないよ。あの部屋は僕が見ているだけでも気分が悪くなるものだったし、君はライムじいを降霊したりそこらへんの霊としゃべったりして、ろくに休んでいない」

オーガスティンの言う通りだった。

ほぼ徹夜で動き回っているのだ。体は悲痛なほどに疲労を訴えている。

「エリクについては、僕がもう一度ヘンゲルにあたってみる。あの異様な部屋のありさまを伝えれば、エリクを危険人物とみなして以前よりは協力してくれるはずだ」

「オーガスティン」

「なんだい」

「あなたって、元恋人のためによく働くのね。きっと一方的にふられたのに。優しすぎてヘンな壺とか売りつけられないようにね」

「…………」

「わかった。今夜、『沢の寄り道』で待ち合わせましょう」

複雑そうな顔で、オーガスティンはうなずいたのだった。

＊

オーガスティンは『沢の寄り道』の壁にたてかけられている、古びた時計を確認した。

もうすぐ、ジャンヌが到着する時刻である。

生霊事件は解決に向けて大きく前進した。だが、容疑者として名のあがったエリクの行動は不可解なことが多すぎる。ジャンヌは何かを考え込んでいたようだが……。

そして、同時にオーガスティンの心の内に引っかかっていることもある。

「僕はヘンな壺を買いそうなやつに見えるんだろうか……」

強い酒をかたむけて、オーガスティンはひとりごちた。

行動を共にして、ジャンヌは自分のことを男として意識していないのだということがわかった。普通、男性に対してアパートメントに来る？　なんて何の気なしに言うだろうか。子どもが遊びに誘うように、無邪気な口ぶりだった。

ジャンヌはやはり主人の元恋人にたいして、なんの気持ちもわかないのか。

「どうした。また何かがうまくいってないのか。ヘンゲルと金のことでもめたか？」

店主は心配そうに声をかける。

「お前が落ち込んでると、女どもが浮ついていて迷惑なんだが」

「それは悪かったな」

こちらとて、落ち込みたくて落ち込んでいるわけではない。

しかし今は、マリーズに取り憑《つ》いている霊のことである。エリクの別荘に行ってから、ジャンヌは分かりやすいほどに動揺していた。

「お待たせ」

オーガスティンの差し向けた馬車が、ジャンヌを勢いよく吐き出した。

彼女の顔色は幾分かよくなっている。ゆっくり眠って、少しは落ち着いたらしい。

ジャンヌはドレスが入りそうなほど大きな箱を抱えて持っていた。体で押さえつけていなくては、ふたが外れそうなほどに中身が詰まっているようだ。

「これが例の手紙だね」

オーガスティンはそれを預かってやった。

「人に見られて愉快なものじゃないから、いつもの個室に移動させてもらおう」

雑然とした倉庫だが、人目は避けられる。

店主はさっと注文をとる。

「お嬢さんはいつものショコラとコーヒー？」

「ええ。それとオムレツを。ここのは絶品ね」

「どうも。作りがいがあるよ」

店主が言葉少なに去っていったのを見計らい、オーガスティンは口を開いた。

「よく眠れた？」

ジャンヌはうなずいた。

「ええ。笑顔のレッスンの自主練習さえできたわ。ライムじいがやれってうるさいから」

「ちょっと笑ってみせてよ」

オーガスティンの申し出に、ジャンヌはけげんな顔をする。

「いや、そんなにやり直しばかりをさせられるなんて、どんな笑顔なのか純粋に気になって」

相手にされていない悔しさを意趣返ししたわけではない。純粋に見たかっただけだ。

そう心の中で言い訳をして、彼女の苦手な笑顔を求める。

「悪趣味ね」

ジャンヌは言い置くと、にやりと笑ってみせた。だが口元だけがなんとか笑顔を作ろうと無理しているのか、ひくひくと痙攣《けいれん》しており、それとは対照的に目は微動だにしない。こちらの眼球を射貫《いぬ》くように見つめている。

「どうかしら」

「……そうだね。いつもの君の方が魅力的に見える」

「画家が言うからにはそうなんでしょう。コラール先生は、女性の魅力の型をたったひとつに決めつけて、それに全員をあてはめないと気が済まないみたいなの。全員同じ笑顔で、全員同じダンスで、全員同じ白いドレスで、足並み揃《そろ》えて社交界デビューさせたいの。でも、みんなを個性のない存在にさせて何が楽しいのかしら。男性の意見はきっと違うと思うわ。むっつり黙っている女がきれいだって言っているおじいさんの幽霊に会ったことあるもの」

「僕も同感だな。君は無理して笑う必要ないよ」

「話のわかる人ね」

彼女は運ばれてきたショコラに目を輝かせた。意識は完全にそちらへ向いてしまっている。くちびるは結んでいるが、瞳は愉快な色で満ちている。こちらの方が作り笑顔よりも愛らしく見える。『目は口ほどに物を言う』のだ。

ショコラを口にほうりこみ、苦いコーヒーをがぶ飲みすると、ジャンヌはくちびるをぬぐって満足し、足元の箱を膝に置いた。

「これがマリーズ宛の手紙よ」

マリーズ宛の手紙を、オーガスティンは一枚一枚、丁寧に検分する。怨念を感じるまでの力強い筆致。エリクの執念が文字に染み出ているかのようだ。

「エリクはそもそも、どうやってマリーズと知り合ったのだろうか。サールでこの男の名前は聞いたことがない」

「……不思議なことがあるの。エリクの別荘に行ったとき、マリーズがアロイスに書いた手紙が出てきたのよ。本来はアロイスか、彼が亡くなった後なら家族が持っているべき手紙でしょう」

「アロイス？」

「マリーズの弟よ。今更ながら確認するんだけど、オーガスティン。あなたはマグノリアがマリーズであることを知っているのよね。彼女についてはどこまで真実を知っていたの？」

ジャンヌの問いに、オーガスティンは考えた。

そう、王宮での邂逅《かいこう》。マリーズと自分の関係が終わるきっかけになったできごとだ。

「彼女が、マリーズ・クーロン女伯爵であること、それだけだ。たまたま僕たちは同じ時に出仕して、王宮でばったり……それで彼女の正体に気がついて……」

「あなたが出仕したの？　宮廷画家でもやっているの？　でも肖像画は描けないのよね？」

「いや、普通の出仕だよ。僕がサールにいて絵を描いているのは夏のひとつきの間だけだ。マリーズと会ったときは、所用があって僕にしては早くからサールに滞在していた。普段は別の仕事をしている。父の手伝いで政務官を」

「政務官!?」

そんなかたい仕事をしていると、ジャンヌは想像だにしていなかったらしい。サールでのんびりとキャンバスと向き合うオーガスティンしか見ていないのだから無理もない。

「もともと絵を描くのはただの趣味だ。本当はずっと絵描きをしていたいけれど、そうもいかない。僕は幽霊を見ることにすごくおびえていた。王宮には幽霊が多いんだ。誤って挨拶をしたり、幽霊を避けようとして不審な動きをしたら、僕だけじゃない、父の評判にかかわる。ゆくゆくは父の後を継がねばならないから、下手な行動はできない」

「もしかして、あなたバロー宰相の息子なの？」

「そうだよ」

知らなかったのか。てっきりマリーズ経由で伝わっているかと思っていた。

「普段はバロー家の領地で父の名代をしていて、出仕するのはわずかな間だけだ。だからマリーズの正体にも気が付かなかった。本当に僕たちが出会ったのは偶然だったんだ」

マリーズは、恋人の秘密をいたずらに吹聴する女ではない。別れた後も口はかたかったらしい。

「待って。王宮は幽霊が多いって言っていたわよね？　あなたがバロー宰相の息子なら、こっそり私のこと入れてもらえる可能性もあるわよね？　幽霊が多い場所って、あなたならあたりがついているんでしょう。それから王宮の図書室にしかない貴重図書なんかも閲覧できるのかしら」

『ジャンヌお嬢さま。急にそのようなぶしつけな行いをするものではありませんぞ』

店主が運んできたオムレツの銀皿に目をやって、みずからの瞳を映し出したらしい。ジャンヌが急にライムじいと交替したので、オーガスティンは酒を噴きかけた。

「なんだ汚《きた》ねえな。嬢ちゃんもおっさん喋《しゃべ》りだし、酔ってるのか？　俺はコーヒーしか出してないはずだが」

「いいんだ、放っておいてくれ」

店主を追いやってしまうと、ライムじいは改めて口をひらいた。

『オーガスティン殿、本当に現宰相のご子息であらせられたのですね。それで幽霊が見えるとは、ご苦労も多かったでしょう。まことに心中お察しいたします』

「どうも」

『そんな方だとは露しらず、犬をけしかけ急所を蹴りあげ、大変申し訳ございませんでした』

「急所の件はもう忘れてくれ、頼むから」

『失礼。では話を戻しまして、アロイス様のことはご存じですかな』

「マリーズの弟で……？」

「そう。私の兄で、マリーズの弟よ」

交替したジャンヌは説明をした。

「亡くなったの。軍事学校の訓練中に、銃が暴発して」

「それはお気の毒に……え？」

オーガスティンは考え込むようなしぐさになった。

「君は、マリーズの妹？」

「そうよ。話してなかったかしら。そういえばいろんなことがありすぎて、すっかり忘れていたわね」

「……君は『マグノリアの使用人』と」

「では改めるわ。もうマグノリアの正体もあなたにばれていたんだし、私の身元だって隠す必要ないものね。私はジャンヌ・クーロン。マリーズ・クーロンの妹よ」

いよいよオーガスティンは蒼白《そうはく》になり、しばしの間口がきけなくなった。

「姉がお世話になったわね」

「いや……それ以上はやめてくれ……」

「私がマリーズの妹だったからといって、そんなにショックを受けること？」

——妹。そういえば、マリーズは別れ際に言っていなかったか。『私の雷雨のような妹が、手元に戻ってくる』と——。

(姉の元恋人と、妹が付き合う可能性……どうなんだ。いよいよ本格的にだめなんじゃないのか。だからジャンヌは僕に対してもあんな態度だったんじゃ……)

オーガスティンは頭を抱えている。ジャンヌは心得たように言った。

「別に姉妹だからと言って、なんでも共有しているわけじゃないわ。あなたが何か恥ずかしいことを姉さんに知られていたとしても、彼女はけして私に話したりしない」

「本当に、それ以上はやめてくれ。頼むから」

「わかったわ」

ジャンヌを黙らせると、オーガスティンは咳払《せきばら》いをした。

どうにかして立てなおさなくてはいけない。今この瞬間にジャンヌやライムじいから容赦のない質問攻めにあえば、いよいよ何もしゃべれなくなってしまう。

「それで……話を戻すぞ。マリーズからアロイスにあてた手紙が、エリクの家にあったんだな？　本来はアロイス本人が持っていなければならないもので、彼が亡くなったのなら家族の手元になくてはならないものが」

「そうよ」

「管理人がいたから、手紙は持って帰ってこれなかった。なんて書いてあったかおぼえているか？」

「日付の古いものは、比較的平和だった。軍事学校へ入学した兄さんを気遣う手紙だったわ。でもしだいに先日のことは謝るとか、前線へ志願したとか、すぐに軍事学校をやめてほしいとか、そんな内容に変わっていった。何か兄さんと姉さんの間に食い違いがあって、兄さんが将来の進路を変えたんだと思う」

彼が軍事学校へ行くのと、ジャンヌが修道院に放り込まれるのはほぼ同時だった。この間にクーロン家で起こったことを、ジャンヌはよく知らない。

跡継ぎが軍事学校へ行くのはめずらしいことではない。だが前線で戦うのはほとんど庶民たちで、基本的な軍の体系を学んだのちは、貴族たちはエリートと呼ばれる士官コースへと進む。

「エリクの軍事学校の退学届があったんだな？」

「ええ」

「ということは、エリクとアロイスは軍事学校で知り合い、そこからマリーズのことを知った可能性があるわけだ。もしくは、出会いはもっと後かもしれない。マリーズが家督を継いだころから。エリク・オジエが僕の知っているオジエ家の嫡男だとしたら、父親は宮廷に出仕しているはずだ。女伯爵はめずらしいから、マリーズは目立つ。父の仕事を手伝って宮廷に出入りしたオジエが一目ぼれした可能性もあるだろう」

「……いずれにしても、サールの恋人たちの中に、エリクは含まれていなかったということ？」

マリーズが情報をよこした五人の容疑者候補たちに、エリクはいなかったのだ。

「一度整理しよう」

オーガスティンは、手紙を床に並べた。消印順に、丁寧に。食糧倉庫にはあっというまに恋文が広がって、足の踏み場もなくなった。

はじまりの手紙は、まだかわいらしいものだった。マリーズに対するほのかな恋心をつづっている。

【マリーズへ
あなたと出会えたことが僕の人生にとって最大の喜びです。

どうかもう一度あなたに会いたい、いつかのときのように僕にほほえみかけてほしいのです】

オーガスティンは手紙をつまみ、渋面になる。

「いつかのときと言っているが、具体的な日時や場所は書かれていない。マリーズがエリクにほほえみかけたとあるが、これが事実であるかどうかは置いておこう」

消印の日付を確認する。マリーズが五人の恋人との関係を切る前だ。

「しばらくすると、エリクの様子は変化する」

【マリーズ、海の見えるすてきな別荘地で、君と一緒に暮らしたい】

「この時点で、マリーズがサールを狩り場にしていることをエリクは知っていたことになるわね」

元恋人のヘンゲルから別荘を購入している。ヘンゲルとマリーズの関係に勘づいていたのだろうか。

「エリクは、マリーズへの一方的な片思いをこじらせた。何とかして彼女と関係を持ちたいと思ったはずだ。彼女のことを念入りにかぎまわっているうちに、マグノリアがマリーズであることに気が付いた……」

真実を知ったエリクは衝撃であっただろう。

そして愛が憎しみへと変化したのだ。

以降、手紙の内容は過激になってゆく。

マリーズは気味の悪い手紙に無視を決め込んだ。

「たびたび返事がないことを責めている。差出人は書いていないが、マリーズならば差出人がエリクであると気づいてくれるだろうと期待していたのかもしれない。オジエ家ならばマリーズと直接やりとりしていてもおかしくはない」

「そもそも、オジエ家って何なの？」

「君、もうすこし俗世間に興味を持った方がいいぞ。オジエ家の当主、エリクの父親は財務部門の政治家だよ。目立った政策でいうと井戸や道路の使用料、蠟燭《ろうそく》や贅沢《ぜいたく》品の購入にいたるまで、あらゆるものに税金をかけた。そしてその税金をやりくりして、排水設備を整えた」

十数年前、不潔な水が原因で下痢や発熱などを訴える市民が増えた。増税に反発はあったものの、オジエは策を強行した。結果として市民の生活は便利になったが、オジエが目を光らせる地域の税額は上がるばかりで、不満の声も絶えないという。

しかしこの政策で、下級貴族だったオジエ家はめきめきと頭角を現し、今では名誉伯爵の地位を得ている。

「まあ、一度上げた税金を下げることはないでしょうね。これから何がロッテンバルに襲い掛かってくるかわからないんだし、軍資金を少なくしたくはないでしょう」

「そういうことだ」

それまでぱっとしなかったオジエ家だが、やがてロッテンバルの中枢に食い込んだ。

「エリクはアロイスと一緒に士官になるための学校に入っていたんだろう。息子は士官にして、文官の自身と違った方面で活躍してもらいたいと思ったのかもな」

「……もしかして、エリクって姉さんとの縁談が破談になったりしていないかしら」

ジャンヌの言葉に、オーガスティンははっとした。

「その可能性は大ありだな。そもそもマグノリアではなく、はじめからマリーズ宛に手紙が届いている時点で気が付くべきだった。これはマグノリアの遊びが恨みを買った結果ではない、マリーズへの届かぬ思いをこじらせたからだ」

『盲点でございました！　じいともあろうものが！』

「それは私も同じよ……偽名を聞いた時点で気が付くべきだったわ……」

ジャンヌは裏読みをしすぎていた。マグノリアが恋人との別れをしくじり、つきまといを生んだ。そのつきまといが彼女が立場ある人物だと知り、わざとマリーズ・クーロン女伯爵宛に手紙を送っているのだと思い込んでいたのだ。そんなことはない、純粋にマリーズ宛の手紙だったのだ。

「仮に、マリーズとの縁談が破談になったとしたら、断られた原因を探すだろう。探偵でもやとってマリーズの行動を調べさせ、マグノリア夫人に行きついたのかもしれない。その結果としてこの手紙は腑《ふ》に落ちるな」

エリクは次第にじれてゆく。

【ほかに男がいるんだろう。尻軽女。絶対に許さない】

「そして姉さんは最近になって私を修道院からガゼルへ呼び寄せた。自分の代わりに結婚させるために」

自分の身に万が一のことがあったときのためだろうか。

ライムじいが手紙をながめてつぶやく。

『なにかが矛盾しますな。手紙の届け先はクーロン伯爵家邸。つきまといの男に居所を知られているというのに、ジャンヌお嬢さまを自分の近くに呼び寄せるでしょうか』

「それもそうね。……あれ、でも姉さんがサールへ行かせたのは、私を花嫁修業に行かせるためだったわ。この手紙のことを知ったのは、あくまで偶然で」

マリーズは、どのみちジャンヌをサールへ行かせるつもりだったのだ。

オーガスティンが封筒を確認する。

「これもか……」

彼は封筒をめくり、消印を指さした。

「ほかの手紙はロッテンバル中のあらゆる郵便局から送られているようだが、ごく最近の、三通の手紙だけ、消印がかぶっている」

「これ……」

ジャンヌは封筒をとり、くちびるをわななかせた。

「どうかしたのか」

「私がいた修道院の、すぐ近くの郵便局からだわ」

エリクがアロイスと同輩だったのなら、妹のジャンヌについて聞き及んでいてもなんらおかしくはない。

エリク・オジエはマリーズに警告していたのではないか。

自分を無視するならば、その牙を妹に向けると。

「だから私を夜逃げ同然で修道院から引き上げさせた……？」

「マリーズは最初から犯人を知っていたのではないか？　だから君をもっともらしい理由で修道院から出し、休む間もなくサールへ向かわせた。サールには僕やヘンゲルがいる。マリーズのお気に入りは、彼女のおかげで資産を増やしたものばかりだ。恋人たちに十分恩は売った。いざとなれば妹を助けるだろうとふんでのこと……」

生霊を見たジャンヌが、それに食いついた。マリーズはこれを利用することにしたのだろう。自分の恋人たちが犯人かもしれないと言えば、ジャンヌは必ずオーガスティンやヘンゲルに接触する。お気に入りの五人は、とくに紳士的な五人だ。ジャンヌにいたずらに手を出すこともしない。幽霊が見える彼女の特性を考えれば、男女の関係になりづらいというのもあっただろう。

「マリーズが危ない」

オーガスティンは急いで荷物をまとめ、ジャンヌの背をたたいた。

「彼女はひとりでエリクに対峙《たいじ》する気だ。そのために君を避難させたんだ。すぐにガゼルに戻らなくてはならない」

第三章　その好奇心の矛先に違いはあれど、彼女たちはクーロン家の姉妹なのだ。

マリーズはゆったりと椅子に腰掛け、目の前の男にほほえみかけた。
男はそれを受け、とろけそうな表情になる。
「ようやく僕を見つけてくださったんですね、マリーズ」
エリク・オジエの目は血走っていた。待ち望んでいた獲物を目の前に、いてもたっても
いられない様子だ。
「ええ、たくさんのお手紙をどうもありがとう」
「あなたなら、手紙の差出人が僕だと気づいてくれるはずだと信じていました。あなたに
真実の愛を贈れるのは僕だけですから」
確信めいた口調であった。マリーズは不思議であった。あんな手紙を送っておいて、自
分はマリーズに好かれているはずだと思い込んでいる、この男の根拠のない自信はいった
いなんだろう。
（ああ、最悪。こういう男って思い込みが激しくていつでも自分が一番。夜の方もひどく

独りよがりで苦痛に違いないわね——脱がせなくてもわかるわ)

マリーズのよそゆきの笑みが、彼を歓迎するための笑顔だと信じて疑っていない。エリクは興奮したように続けた。

「あなたから手紙が届いたとき、やはりと思いました。マリーズ、あなたは僕に気持ちを残している。だから差出人のなかった僕の手紙から、僕の居所を調べだして——」

「お言葉ですが、オジエ卿《きょう》。あなたの気持ちと私の気持ちに食い違いがあるようなので、訂正いたしますわね」

マリーズはゆっくりと言葉を切った。

「まず、私はあなたにどのような感情も抱いたことはありません。弟の同級生で、一度見合いをした相手。それだけです」

エリクは、氷のようにかたまってしまった。マリーズはその様子を注意深く観察した。目をそらさずに。

「そして見合いは成立しませんでした。はっきり申し上げますわ。アロイス亡き今、あなたと私はただのひとつのつながりもございません」

「成立しなかったのはなにかの間違いです。私はあなたを妻にしたいと、父にもはっきり伝えてある」

「そのお父上が良《い》いとおっしゃらなかったのでしょう」

「あなたは僕との結婚を望んでいる。本当はそうなのでしょう？」

「いいえ」

マリーズはことさらはっきりと言った。

「私はクーロン家の当主であり、このガゼルを統治する身です。私のパートナーとして、あなたでは不安があった。この見合いに臨んだのは私の母の顔を立てるため」

「そんなはずはない」

「あなたのお父上は、難しい私の立場をよく理解してくださいました。事実、あなたにはすぐに次の相手が見つかったはずです。あなたの家と格が合い、あなたに忠実に仕えてくれる令嬢が。可愛《かわい》らしい方と聞いています。私が紹介したのです」

クーロン家は建国時から名を連ねる特別な家庭で、本来ならば成り上がり貴族のオジエ家が姻戚関係を結ぶような間柄にはない。家柄の歴史はクーロン家と比べるまでもないのだ。

それでもどうにか結婚して子をもうけて欲しいと思ったデボラは手段を選ばなかった。この際家の格はクーロン家よりも下でも構わない。そうして候補にあがったのがオジエ家だったのだ。

デボラは勝手に見合いをとりつけてしまった。しかしオジエは冷静だった。マリーズに改めて真意をたずねなおした。マリーズは母の所業を正直に詫《わ》びたうえで、息子の将来をなげくオジエの本音も知ったのだ。

「お父上はあなたの将来を悲観しておいででした。突然あなたが軍事学校を退学し、引きこもりがちになってしまったと。それには私の弟、アロイスの死が関係しているのではないかと……」

「………」

「私も責任を感じました。結果として、アロイスを戦地へ追いやったのは私だったからです。彼は亡くなった。親友だったというあなたの心が傷ついたのは、致し方ないことだと思います」

せめて息子も気立ての良い娘と結婚して家庭を持てば、跡継ぎとしての自覚も生まれるのではないか――。オジエの悩みに、マリーズはひと肌脱いだというわけである。コラール先生の生徒で、一番出来の良い娘との見合い話をまとめてきたのだ。

エリクは机をこぶしでたたいた。

「あなたのような美しい方と結婚できたはずなのに、次の女になど目を向けられるわけがない」

彼は息を荒らげた。

「アロイスの友人としてあなたに会ったときから——あなたの美しさに僕は夢中になった。どんな天使もあなたを前にすればかすむだけ。完璧な女性とはあなたのことだ」

エリクは視覚で恋に落ち、あとのことはあまり考えないタイプなのだろう。あまりにも幼稚かつ愚かである。同じ文官に道を歩ませなかったオジエの選択も納得できる。いつかこの男はとんでもない不祥事を起こし、オジエ家を破滅させるに違いない。

——いや、もう手遅れかもしれない。

「結婚はできません。できたはずというのがそもそもの間違いです。形式だけの見合いであると、お父君から説明があったはずですよ」

「聞いていない」

「あなたが聞いていなかっただけよ」

「そう、僕は聞いていない。それは話をされなかったことと一緒だ」

聞いていないはずがない。都合の悪いことは聞かないふりをするか、自分にとって幸運な状況に変わるはずだと思い込んでいるのだ。エリクはそうして辛《つら》いことから逃避して、父親の手を火傷《やけど》しそうなほどに焼きながら生きてきた。

「では、私がこれから言うことはよく聞いて。私に気味の悪い手紙を送ってきたことは、不問にしましょう。私のことは忘れて、自分の人生を生きて。それを伝えたくてあなたをここへ呼んだのです」

「………」

「もう手紙を送ってこないで。そして――私の妹に近づかないで」

マリーズは笑みをはがし、青い瞳をするどく光らせた。

「聖マリアナ修道院の周囲で度重なる不審者情報。そして私に送ってきた手紙の消印。あなたはジャンヌに近づこうとしていたわね？」

「……浮気じゃない、マリーズ。信じて。僕には君だけだ」

エリクは腰を浮かせ、懸命に説明した。

マリーズに浮気を問い詰められていると、本気で錯覚しているのか。

「仕方がなかったんだ。あなたは『アロイスの友人』である僕にしか興味がない。僕に挨拶してくれたのも、僕にほほえみかけてくれたのも、僕に愛想よくしてくれたときも、隣にはいつだってアロイスがいた。でももう彼はいない――葬儀も終わってしまった――あなたとの接点は完全になくなった！　見合いの話があったとき、僕は世界で一番幸福な気持ちだったんだ。これはきっと、天国のアロイスが仕組んでくれた事に違いない。彼が僕の報われない恋をあわれんで、チャンスを与えてくれたに違いないと！」

しかし見合いは成功しなかった。エリクは絶望した。

もう一度マリーズに近づくにはどうしたらいい――。

「アロイスから聞いていた。末の妹がいて、マリーズはずいぶんとあの子をかわいがっていると。彼女の修道院行きをどうにか考え直すようにと最後まで父親に食い下がっていたと。『ジャンヌは悪魔憑《つ》きだとさんざん母親にいじめられている。まあ、修道院へ入れば空想癖も治って、かわいらしい妹になるさ。黙っていればあいつは本当にかわいいんだ。マリーズの気持ちもわかる』

アロイスの口調をまねて、エリクは今しがた彼がそう言ったかのようになめらかに話した。

「僕はジャンヌと友人になりたかった。そうすればマリーズ、あなたに近づける。アロイスとだって僕は仲良くやっていた。クーロン家の嫡男が入学すれば、学校の連中はみんなそわそわした。将来の出世のために彼に取り入ってやろうとする奴もいたし、逆に関わりを持たないようにする者もいた。有象無象がうごめく学校で、アロイスはうまくやっているとは言いがたかった。感情的になりやすい奴だったから。でも僕は、彼の感情の波がよくわかった。こういうことを言われたら怒って、こういうことをされたらうれしい。彼の気持ちに寄り添えば、一緒にいるのはいつも僕になった。アロイスは正直で、家族想《おも》いだった」

「アロイスと同じようにジャンヌに近づけば、私の関心を得られると思ったの？」

「事実、あなたはこうして僕と話してくれているじゃないか」

「……それで、あなたはジャンヌの居所を調べ回ったというわけね」

「聖マリアナ修道院の場所を特定するのに、そう時間はかからなかった。アロイスの手紙があったからね。あいつは家族から受け取った手紙をいつも寮の机の引き出しに入れていた。その手紙が、亡くなったあとも回収されていないことに気がついたんだ」

エリクが懐から取り出したのは、ジャンヌからアロイスあての絵葉書。おそらく修道院の課題で家族の誰かに手紙を書かなくてはならなかったのだろう。

【わたしは元気です　兄さんはまだ生きている？】

ジャンヌからの手紙は、いつも簡潔明瞭である。

彼女はめったに自分から手紙を送ることはない。マリーズからの手紙にも、返信をまめにはしないのだ。だがなんの気まぐれか、そっけない絵葉書が一枚、アロイスに届けられた。

――彼女が人の死期を知ることができたゆえ、兄の安否が常に気にかかっていたのかもしれないが。

そしてジャンヌの居場所を知ったエリクは行動を起こした。友人になるには、その対象をよく知らなくてはならない。

「修道院の女の子っていうのは、いつだってお小遣いがほしいんだよ。本当はそんな誘惑から断ち切られるための施設なんだけど、みずから進んで入らない限り、あんな場所は若い女の子にとってただの刑務所だ。僕は甘いお菓子と、近くの文房具店できれいなカードが買えるくらいのわずかなお小遣いを、ひとりの女の子にやった。たいそう喜んでぺらぺらとよくしゃべってくれた。ジャンヌ・クーロンがいかに孤独な少女であるかをね」

ジャンヌのおしゃべりの相手はいつも壁や鏡。ぼさぼさの髪に生気のない顔。いじわるなシスターに嫌みを言われても平然として、慈善活動で外に出ればふらりとどこかへ消えてしまう。

修道院になじめないジャンヌに声をかけ、兄の友達だと名乗り出て安心させる。その後交友を深めるのは簡単だ。ジャンヌがのぞむなら、彼女を修道院から出すために協力を申し出てもいい。しかしエリクは苦戦した。

ジャンヌは、徹底的なまでに「生きている人間」に興味がなかったのである。慈善活動中に声をかけようとすればふらりと消えてしまい、教会の催し物に参加しても彼女の姿は見えない。家族でない者は面会もできない。ミサのあと偶然を装って待ち伏せをしたが、ジャンヌは冷たい視線でエリクを一瞥《いちべつ》しただけだった。

ジャンヌと仲良くなりマリーズに近づく作戦に失敗したエリクに、退路は残されていなかった。毎晩マリーズと仲睦《なかむつ》まじく過ごす夢を見ては朝をむかえ、現実の容赦のなさに頭をかきむしった。

マリーズはサールが大のお気に入りで、足しげく通っているらしいと、生前アロイスに聞いたから、無理を押してでも別荘を購入したのに——。

ひとりきりの別荘で、少しでもマリーズとつながるよすがを得ようと、アロイスの遺品の手紙を繰り返し読み、マリーズへの想いを大きくふくらませた。アロイスを気遣うマリーズが、自分を気遣うマリーズだったらどんなによかったか。想像するうちに、マリーズの呼びかけが、まるで自分へ向けられたかのように感じた。

軍事学校をやめて、家に戻ってきて——。彼女の懇願は、まるでエリク自身に向けられているかのようだった。

彼は衝動的に軍事学校を辞め、マリーズへ手紙を書き始めた。

「君は、僕が一方的に手紙を書き送っているようだと思っているが、それは違う」

「あなたにとって、この手紙の数々は『返信』だったということ？」

「そうだ。アロイスがろくに返事も出していないのなら、僕がかわりに返信をしてやらないといけない。あいつの気持ちはよくわかるんだ。人と友達になるのは得意だから」

エリクの理屈はめちゃくちゃだった。アロイスのかわりに返信すると言いながら、結婚したい、腕を組んで歩きたい、あげくのはてには浮気者呼ばわり、およそ姉に向けての手紙とは思えないような内容だ。

「悪いけれど、アロイスは私と結婚したいなんて口が裂けても言わないでしょうね。私はあの子にとって良い姉ではなかった」

「君は完璧だよ、マリーズ。どうしてそんなことを言うんだ」

「私は……あの子から将来を奪い取った。自分の欲のために」

だから彼はクーロン家を出て行って、戦地に向かう覚悟を決めたのだ。

マリーズは、静かにそう言った。

＊

マリーズはクーロン家の長女として生まれ、淑女になるべく育てられた。

彼女は聡明《そうめい》な娘だった。近隣諸国の語学は早々に習得し、勉強のためとして与えられた本をひととおり読んでしまうと、父親の書棚の専門書に手を出した。

みかねた家庭教師は何度も注意をする。

「女の子は、そこまで高度な教養を身に付ける必要はありません。それは殿方の専門分野。クーロン家にはアロイスおぼっちゃまがいらっしゃるのです。マリーズお嬢さまは勉強せずともよろしい」

「でも、私はこれを好きで読んでいるのよ。趣味みたいなものなの」

「趣味なら他にもあるでしょう。さあ、このハンカチにきれいな刺繍《ししゅう》を入れてください。お芝居や絵画を見て楽しむのもよいですね。メイドに花を運ばせて、ここでながめていても」

――なんて退屈なの、とマリーズは思った。

このところ、家庭教師は熱心にマリーズを「女の子らしく」させようとしていた。末の妹ジャンヌが一風変わった性格ゆえ、父から厳重注意を受けたらしい。その影響からか、他のきょうだいにまで自由を許すことはなくなった。

芝居や絵画はきらいではないが、それと相対するとき、マリーズの思考はいつもどこかへ飛んでいる。マリーズの観劇は、いつだってクーロン邸の敷地《しきち》内だった。離れに小ホールがあり、父が客人をもてなすために劇団を呼び寄せるのだ。

役者たちが歌い、台詞を述べる間、マリーズはぼんやりと考える。この芸術鑑賞会にいくらかかったのかしら、でもゲストはお喜びになっている、きっと父がかねて計画しているガゼルの大青《パステル》を王都の仕立て屋へおろす段取りについて、この場で交渉をまとめるつもりだわ――だって、役者たちの衣装はそろいもそろって目の覚めるような青だもの。

それならばこの大げさな芸術鑑賞会も、費用対効果はじゅうぶんにあったことになる。交渉がまとまって、うまいこと青い染料が王都で流行すれば、商人たちはわざわざガゼルまで足を運んでパステルを買い込むことになるのだ。

パステル自体はもちろん、商人たちがそれを運ぶための輸送費や、彼らのための移動費や宿泊費、食費、パステルを染める職人たちの工賃――。芝居が佳境に入っても、マリーズの頭はそんなことでいっぱいだ。真剣に芝居に見入るアロイス、退屈そうにあくびをするジャンヌのそばで、マリーズの頭はめまぐるしくまわっている。

ガゼルがうるおえば税収が増える。父はそのための先行投資を惜しまなかった。名のある劇団に青い衣装を仕立てさせ、人気の画家に絵筆をとらせ、マリーズたち三きょうだいや妻デボラの肖像画を描かせた。もちろん、青をふんだんに使って。

マリーズは純粋に芸術を美しいと思ったことはない。芸術の裏には打算的な仕掛けがある。利用する価値はあっても、心を注ぐ価値はない。

ただし、アロイスは違うようだった。目の前のものをありのままに賞賛し、その裏までは見ようとしない。彼の明瞭さは潔く美しい。それこそ芸術のように。

「アロイス。お前に次の当主としての自覚はあるのか」

クリストフはアロイスにいつもそう言っていた。

ただしこの日の彼の剣幕は特別だった。隣室までびりびりと響くような大声で息子をしかりつけていたのだ。

それを聞いたマリーズとデボラは顔を見合わせ、書斎の前で様子をうかがっていた。

「お父さまは何を怒っているの？」

デボラにたずねると、彼女はため息をつく。

「エルゾン男子校に落ちたのよ」

貴族の男子だけが入学できる名門学校だ。とても試験が難しく、家柄も限られているとあって、入学は狭き門だとされている。

「難しい学校なんでしょう」

「でも、クーロン家の嫡男なら受かるべきだわ。お父さまの出身校よ」

クリストフはますます興奮して、荒ぶっている。

「家庭教師を呼べ。私に恥をかかせおって」

「父さん、先生は悪くない。俺の頭が悪かっただけだ」

マリーズが思うに、アロイスは頭が悪いのではない。あまりにも純粋で、応用してものを考えるということが苦手なのだ。ただの学校ならばアロイスの学力でも十分に通用したのだろうが、エルゾン男子校の試験はそうとうにひねくれていたのだろう。

「これからどうするの？」

デボラにたずねると、彼女は考えたくもないといったように頭を抱える。

「お父さまが学長先生に、どうにか入学させてもらえないか交渉するか、それとも別の学校に入学するしかないわね。滑り止めの試験は合格しているから……でも学閥は弱いのよ。王宮にあがってからきっと苦労するわ」

裏口入学というやつである。相応な金銭を積めばできないこともないのだろうが、アロイスは入学後に勉強についていけるのか、不安が残る。

「なぜお前はそうなのだ。マリーズが男だったらどんなによかったか」

「俺だって……俺だってこんな退屈な勉強をしたいわけじゃない」

「アロイス！」

父の部屋から飛び出したアロイスの背中を見やると、マリーズは言った。

「私が行きます」

彼が向かうのはいつだって屋外だ。外で体を動かすことが好きなアロイスを追いかけるのは、子どものころから大変だった。

しかし、今となってはそう大業なことでもない。弟と自分は、この家で共に年齢を重ねたのだ。

「アロイス」

「……姉さん」

「あなたっていつも行動が変わらないのね。だいたいここにいるじゃない」

アロイスの逃げ場所は、たいていは中庭の、野ばらの生い茂る一角である。クーロン家の家紋になっている野ばらは、その昔初代当主が東洋の商人から譲られた花であるという。つつましやかにひらく、白い花びら。寄り添うような可憐《かれん》さに一目惚《ひとめぼ》れし、当時のクーロン伯爵はこの花を妻に送ったのだという。

クーロン家の女に生まれたのなら、野ばらのようにあれということである。

「学校のことを聞いたのか」

「そうよ。残念だったわね」

「姉さんだったら合格したんだろうな。もう三か国語も話せるんだろう。それに、ガゼルのサロンの運営だって……」

「あのサロンのことをまだ言っているの」

アロイスのいう『サロン』とは、ガゼルの若者たちを集めた社交クラブのことだった。

十代の若者たちがボランティアや通訳など、自身の得意分野を生かした社会貢献活動をするのが主な目的であり、マリーズは十二歳の時から籍を置いていた。

もともとは女学校の生徒たちが作った小さなボランティア団体だったらしいが、時をおいて少しずつその姿を変えていったのだ。

「あれは私が一番の年長者になったから運営を任されていただけよ。それにこういった集まりはふしだらな噂《うわさ》をたてられるからやめなさいとお父さまに言われて、あなたにすべて引き継いだじゃない」

マリーズはサロンが好きだった。貧民院に入った人たちへ就職を斡旋《あっせん》する仕事や、体が不自由な人が社会とつながれるための仕組みを考えること、ろうあ者のために指をさすだけで意思が伝わるようなカードも作った。熱心なマリーズのもとへ少しずつ人が集まってきて、はじめは顔見知りばかりだった小さなクラブは、階級や性別の関係ない拓《ひら》けたサロンへと生まれ変わった。

しかし組織が大きくなりすぎた。マリーズが年頃になると『嫁入り前の娘が、若い男も出入りするサロンに籍を置くのはいかがなものか』と父はマリーズに脱会するように迫った。

しかし、サロンは評判がよく、ガゼルの役にも立っている。クリストフは考えた。マリーズが運営するサロンをアロイスにまかせて、サロンの評判をアロイスのものにしてしまえばよいと。同じクーロン家の者が運営するのだから、文句も出まい。

「本当はやめたくなかったんだろ」

アロイスの言葉はマリーズの真意である。しかし彼女は首をふった。

「どのみち、嫁入り前のほんのわずかな時間の暇つぶしでしかなかったわ」

「姉さんがいなくなってから、サロンからはどんどん人が抜けていったよ。今会員は半分くらいしかいない。俺には人望がないんだ。そもそもちまちま人助けするのは好きじゃない」

「あなたはけして人望がないわけじゃないわ」

「でも、姉さんほどじゃない」

「あなたがクーロン家を継ぐのよ。私のことは気にしないでいい、しょせんよその家に嫁に行って、静かに暮らすだけの女よ」

「姉さんがこの家を継げばいい」

アロイスはやけにはっきりとそう言った。

「調べたんだ。クーロン家はロッテンバルの建国時に名を連ねる特別古い家柄だ。一代かぎり、やむにやまれぬ事情があれば女の当主が許される。父さんが死んだら姉さんが後を継げばいい。俺は抜ける」

「そんな勝手が許されるはずがないでしょう」

マリーズは辛抱強く弟に話してきたつもりだったが、だんだんいらいらとしてきた。なんのために自分が生きがいをうばわれ、やりがいのない花嫁修業をし、仮面のような笑顔をはりつけて社交界に挑もうとしているのか。

それもこれもすべて、女として生まれたからである。女には自由も挑戦も許されない。人形のように退屈な人生を迫られる。

「俺、知ってるんだ。姉さん……サロンの男たちと遊んだろ」

「…………」

「聞いた。それも相手はひとりやふたりじゃない。ギーヴやオレール……彼らが酔った勢いでぽろっと秘密をもらしたんだ」

「そう」

もう名前も覚えていないから、大した男でもなかったのだろう。マリーズはなんの感慨も浮かばなかった。

彼女がすました態度なので、かえってアロイスが滑稽なほど焦っていた。

「どうしてだ。姉さんはそんな人じゃなかったはずだろう。もっと自分を大切にしないと」

「女だというだけで道具のように扱われるのだから、みずからを大事にしてやる必要もないと思ったのよ」

ずっと真面目に生きてきたが、ばからしくなった。父の不安を現実にしてやろうと思っただけだ。一度遊べばタガが外れて、開放感でいっぱいになった。

女という生き方を強要されるなら、女という性を肯定してやろうと思っただけだ。

さまざまな男を知って、マリーズはとある事実を手に入れた。

マリーズという人間はただ一人なのに、相手によって自分がどのような女にも映る。気の遠くなるようなやりとりの末にようやく肌を許した聖女のようにも、もとからふしだらな娼婦《しょうふ》のようにもなれた。でも、どんな男を前にしたって、本当のマリーズは現れない。

マリーズ自身が、もっとも自分のことがわからないのだから。

マリーズは正解を求めていた。世の中のルールや、普遍的な慣習や、腐りそうなほど長い間そこにある伝統を差し置いて、マリーズという女がどういう姿をしていればいいのか、自身が一番、よくわからないのであった。

確かなことは、そういった常識に並走して生きられる女が世の大半であり、自分はつまはじき者であるということである。

マリーズはジャンヌがうらやましかった。彼女は自分の異質さを受け入れている。そして自分は自分だと言って、誰のいうことにも従うつもりはない。

彼女のような強さを持たないなら、せめて自分も世間の価値観に並走したい。世の中の当たり前に、なんの疑問もなくついていきたい。この命を燃やし尽くすそのときまで、不自由さに心酔していたいのに。

それができないからマリーズは放蕩《ほうとう》にふける。ほとんど衝動的なまでに。幸いなのは朝を迎えても後悔しないことである。

「サロンをやめさせられることになったからだろ」

「やけになってるわけじゃない。楽しんでるのよ、これでも。でもこれからは場所と相手を選ぶわね。あなたに迷惑はかけないわ」

「姉さんが自分のことをどう思っていたとしても、俺は姉さんが大事なんだよ！」

アロイスは声を荒らげた。野ばらの花びらが一枚、ひらりと地面に落ちた。

「大事にするってどういうこと？　納得できない未来もあまんじて受け入れて、他人の作った殻に閉じこもることなの？」

「殻は俺が破るよ」

今決めた、とアロイスは落ちた花びらをひろいあげた。

「俺は軍事学校に行く。もともとそちらの方が向いていると思っていたんだ。父さんから学長先生に頭を下げてもらうよりよほどいい。それでそのまま軍人になって、世界中をとびまわる。クーロン家には帰らない」

「軍事学校へ行くのは反対しないわ。士官になるなら良《い》い進路の選択だとも思う。でも前線に出て戦うのはあなたの仕事じゃない」

「父さんが納得してくれないのなら、俺のことは勘当してもらう。死んだも同然にしてもらってもいい」

「アロイス！」

「俺さえいなければ、姉さんは次の伯爵になれる。誰にとってもこれが一番いい」

「勝手は許されないわ。私がそうであるように」

「姉さんは、自分を許していい」

アロイスはそう言って、さっさと軍事学校への手続きをとってしまった。選んだのは士官コースだと聞いて、マリーズはほっとした。あれは売り言葉に買い言葉で、前線へ出るなんて本気ではなかったのだ……誰だって命は惜しい。アロイスとてそうだろう。

マリーズの考えとは裏腹に、アロイスは己の道を進み始めた。

家族に内緒で、いつのまにか前線へ向かう手はずを整えていたなんて知らなかった。

軍人としての才能をめきめきと伸ばし、彼が護《まも》り戦うことに生きがいを見出《みいだ》したことを、知らなかった。

そしてジャンヌの予言が本当になるなんて、誰も知らなかったのだ。

＊

「ちょっと、この馬車もっと速く飛ばせないの？」

ジャンヌが御者の肩をつかもうとしたのを、オーガスティンはあわてて止める。

「危ないから座って」

「あなたが言ったのよ。姉さんが危ないって……！」

屋根なし馬車に、オーガスティン、ジャンヌ、そして万一の時のためにと連れてきたマックスが乗り込み、ガゼルへの道のりをたどっていた。

「ちんたらやってるからもう昼間じゃないの。さっさと飛ばしなさい。死ぬ気で飛ばすのよ。死んだら私が降霊してやるから安心して飛ばしなさい」

「ひ、ひい」

「落ち着いて、やめるんだジャンヌ」

手鏡を取り出すと、オーガスティンは彼女の方に向けた。

「悪い、出てきてくれライムじい」

『ジャンヌお嬢さま、落ち着いてくださいませ。まだマリーズお嬢さまになにかがあったとは限りませぬ。急《せ》いてはことをし損じますゆえ』

ライムじいはすとんと席にこしをおろすと、かたわらに座っているマックスの背中を撫《な》でた。

ジャンヌを落ち着かせるためにライムじいを呼び出すあたり、オーガスティンもすっかり彼女のとんちきな降霊術に慣れつつある。

『ほら、もう見えてまいりました。夜を徹してここまで走ってくださってどうもありがとうございます、御者殿』

「は……はあ」

ジャンヌたちを乗せた馬車が敷地《しきち》内を通り抜けていくのを見て、クーロン家の使用人たちはなにごとかと玄関口に集まってきた。彼らの先頭には執事のモーリスもいる。

もどかしくも馬車をおりると、ジャンヌはモーリスにたずねる。

「マリーズ姉さんは？」

「ただいまお客様と一緒に。ジャンヌお嬢さま、お帰りの時期ではないはずでは……」

「細かいことはあとで。客人はエリク・オジエね？」

ジャンヌがたずねると、モーリスは驚いたように目を見開いた。

「いかにも」

『可及的すみやかにマリーズお嬢さまにお伝えください。不動産の件で問題が発生し、ここにオーガスティン・バロー氏がいらしていると。オーガスティン殿の名前だけ伝えていただければ十分。ただしオジエ氏の耳にはいれぬよう。客間をあけて、お嬢さまがたをそちらへ移していただけませんかな』

「失礼ですが、あなたは一体」

ジャンヌの様子がさっきと違うこと、見たことのないマスティフ犬が彼女の足元にぴたりとくっついていること。それを疑問に思ったのか、モーリスはたずねた。

「ジャンヌよ。それ以外にあるはずがないでしょう。早くして」

「しかし……いや、失礼いたしました」

『それでいいのですよ、モーリス。しかし書斎の鍵は別の場所に移すべきです。これだけは忠告しておきますぞ』

「はあ……あの……」

ライムじいが先輩風を吹かせてモーリスに忠告したのと、客間の方から悲鳴があがるのは、ほぼ同時だった。

「まずいぞ」

オーガスティンが走る。ジャンヌもそれを追う。

『間に合いませんな。マックス、すぐにマリーズお嬢さまの匂いを追いなさい！』

ライムじいの命令を聞き、マックスが鉄砲玉のように飛び出していった。

客間は一階の奥に位置している。これほどクーロン邸の廊下が長く感じることはなかった。まっすぐに延びる道のりを、ジャンヌたちは息をきらしながら駆け抜けてゆく。扉の前で、マックスが遠吠《とおぼ》えをあげた。

「いない」

庭へ続く扉が開け放たれている。クーロン家の客間は、談話の後すみやかに芸術鑑賞用の小ホールや散策が楽しめるように、外へつながる扉がつけられていた。マリーズとエリクはここから出たに違いない。マックスは庭へ向かって走ってゆく。

「行きましょう」

オーガスティンとジャンヌは庭へ飛び出した。小雨《こさめ》がぱらつきはじめる。冷たいしずくが頬を打ち、ドレスや髪を濡《ぬ》らしても、ジャンヌは構わずに走った。しめった泥を蹴り上げてゆく。

「それで、ジャンヌ。どうするつもりなんだ」

　オーガスティンはたずねた。

「どうするって？」

「エリクってやつを見つけたらだよ」

「殴り飛ばすに決まってるでしょ」

「相手は霊じゃないんだぞ。聖水や祈りの言葉も効かない」

　霊相手ならばこぶしでわからせてやることもできるが、エリクは軍人を目指していた男である。そう一筋縄ではいかない。

『マックスをけしかけます』

　ライムじいはそう言ったが、オーガスティンはさらに言葉を重ねる。

「相手は犬くらいじゃひるまないかもしれない。それに武器を携帯している可能性もある」

『失礼ですが、オーガスティン殿。なにか武術の心得などはございますかな』

「まったくない」

『「役に立たない」』

　この台詞を言ったのがジャンヌなのかライムじいなのか、オーガスティンにはわからなかったようだが、どのみち愉快なことを言われたわけではないので、彼は口をつぐんだ。

野ばらの茂みの一角に入ると、オーガスティンが手をのばし、ジャンヌを止めた。

マリーズが、誰かと向かい合っている。ジャンヌたちに背を向けているのは中肉中背の男のようだが、夜闇のようにむらのある黒い靄《もや》が、彼の体にまとわりついていて、着ている服の色すらわからない。

そして、驚愕《きょうがく》の表情を浮かべたマリーズと目が合った。

「あなたたち、なぜここに」

そして、ジャンヌたちに背を向けていた男がゆっくりと振り返った。

この男が、エリク・オジエ。

ジャンヌは男をにらみつけた。腰のあたりからたちのぼる黒い靄。生霊の発生場所はまちがいなく彼である。靄の隙間からのぞく表情はうつろで不気味、呼吸をするたびに黒い息が漏れた。

「臭そう」

オーガスティンに小突かれ、ジャンヌは咳払《せきばら》いをした。

生霊は彼の内部まで深く侵食している。エリクの怨念はその身を焼き尽くすほど深くしみついているのだろう。

『先手必勝！　ゆくのですマックス！』

ライムじいが命じると、マックスはうなり声をあげて、エリクの脚に牙をたてようとした。しかしエリクは飛び退《すさ》り、上着の懐に手を入れる。

――銃を持っているのか。

ジャンヌは迷わずエリクに体当たりした。

『ぬぬう……！　ライムじい、太古の昔から犬が死ぬおよび負傷する展開は絶許なのであります……！』

「ライムじい、やめろ。ジャンヌの体だぞ」

「私もこの犬に愛着湧いているのよ。止めないでちょうだい」

マックスはもうひとたびエリクにかみつこうとするが、彼が足を蹴り上げる方が早かった。マックスはきゅんと鼻を鳴らして地面に体を打ち付けた。

オーガスティンがエリクを取り押さえようとしたそのとき、ジャンヌの腕が彼につかまれた。

「全員動くな」

ジャンヌのこめかみに、銃口が押し当てられる。

手のひらにおさまるほどの小さなピストル。そのずっしりとした冷たさが、肌を通して伝わってくる。

「動けばこの娘を撃つ」

「エリク、やめて。銃をおろして」

マリーズの言葉に、エリクは目に涙をためて、くちびるをふるわせている。

「それ見たことか。マリーズ、やはり君は裏切り者だ。こんなところに若い男だ。ここに男がいるじゃないか！」

『じいのことですかな』

「あきらかにオーガスティンのことでしょ。ライムじいは黙ってて」

自分の腕の中でぶつぶつと独り言を繰り返すジャンヌをしめあげ、エリクは唾を飛ばした。

「うるさい、静かにしろ！」

オーガスティンとマリーズは顔を引きつらせ、どうにかエリクを刺激しないように様子を窺《うかが》っている。

「マリーズ。僕と結婚してくれ」

「エリク」

「妹がどうなってもいいのか」

「姉さん、こんなやつと結婚するくらいなら死んだ方がましよ。地獄だってこいつとの結婚生活よりは楽勝だと思うわ」

「お前は黙っていろ」

ジャンヌはかっと目を開いた。

「いやよ。私は黙ったりしない。あなた私の命を天秤《てんびん》にかけて姉さんに結婚を迫ってるんだから、頭にきてここで脳天に風穴あけたら目的を達成できないわよ。あなたが救いようのないバカなのは知ってるからこうして教えてあげるわ。せいぜい耳に痛い私の戯言《たわごと》を聞くといいわね」

「ジャンヌ、頼むからおとなしくしていてくれ」

オーガスティンに懇願され、ジャンヌは憮然《ぶぜん》としている。

さて、この状況をどう覆すか。

マックスは腹をけられて、夕飯に与えられた残飯を戻している。オーガスティンに武術の心得はない。マリーズが動くのが一番危ない。愛は憎しみに変わるのだ。スパンと簡単に撃たれるだろう。

下手に動けばジャンヌに危害を加えられるかもしれないと恐れているから、ここにいる全員は動けない。

（生きている人間なんて、はなから頼るつもりはないわ）

ジャンヌは集中した。

生きている人間はたいてい退屈だ。つまらないことに悩み、ありもしない未来を想像して苦しみ、わけのわからない行動をとって自滅する。道に迷った虫のように矮小《わいしょう》だ。このエリクのように。

目を閉じ、深く息を吸いこみ、糸のように細い思念をたどる。

誰か、私の声に答えて。代わりに私の肉体を貸し与えるから――。

ジャンヌははっと顔をあげた。みずからの後頭部に、青い光が集まるのを感じたのだ。エリクの胸ポケットに、誰かの遺品が入っている。

ここに呼びだせる霊がいる。

「オーガスティン!!」

ジャンヌは叫んだ。

「エリクのジャケットを引きはがして!!」

「無茶言うなよ」

オーガスティンは言いながらも、地面を蹴った。エリクは銃を彼に向ける。ジャンヌはエリクの腕にしがみつき、銃口を天に向けた。するどい音が空を割り、マリーズの悲鳴が響いた。

オーガスティンがエリクに馬乗りになる。ジャンヌはそのすきにエリクの胸ポケットをさぐった。青い光を伴って現れたのは、手紙だ。

【親愛なる我が姉　マリーズへ】

封筒をめくると、差出人の名がしっかりと記されていた。

【アロイス・クーロン】

兄の魂が宿った彼の遺品。それは、出せなかった手紙か。

風がうなり、たたきつけるように雨が降り注ぐ。柔らかに降っていた小雨は、凶暴な豪雨に変化したのだ。まるでこれから現れる、もう一人の人物を恐れるかのように。

エリクはオーガスティンを殴りつけ、形勢が逆転した。ジャンヌは彼の手におさまる銀のピストルをにらんだ。

(兄さん。会いたいならば、私を見つめて)

祈るような気持ちは、青い光となる。

己の――アロイスの、同じ色の瞳と目が合った。

「久しぶりね、兄さん」

落雷だ。つんざくような音をたて、庭木を焼いた。

こげくさい匂いは、彼が向かった戦場でたちのぼっていた、硝煙の匂いか。

それとも兄の命を奪い取った、銃の匂いか。

どちらでもいい――また会える。

ジャンヌはぞっとするほどの笑顔をともなって、アロイスの霊をその体に降ろした。

はじめての魂が体に入るとき、視界が揺らぐ。胃がむかつきをおぼえ、頭痛がし、ひどい船酔いを体験しているかのようだ。しかししばらくするとそれはおさまり、驚くほどに魂が体になじむ。

ゆっくりと目をあけた。そこにいたのはもう、ジャンヌではなかった。

肉体をたしかめるように指を鳴らすと、【彼】はこぶしを作って、エリクの鼻っ柱にたたきこんだ。

「ジャンヌ、本当にブン殴るのは……」

地面に這《は》いつくばったオーガスティンは、立ち上がるジャンヌの表情の変化に目を奪われた。

目を吊《つ》り上げ、歯を食いしばり、怒りの様相をたたえたジャンヌ。

なんの表情も浮かべない、この世の出来事に何の興味もわかない、いつもすました態度だった彼女からは考えもつかない顔つきだ。

エリクは鼻から血を流し、よろめいた。その隙をねらい、【彼】は足払いをする。ぬかるんだ地面に足をとられ、エリクは体を浮かせてくずおれた。そのまま有無を言わさずエリクの胸倉をつかむ。

流れるように、なめらかに繰り出される体術。

戦い慣れたその物腰は、あきらかにジャンヌではない。

「お前……」

エリクがなにかを言う前に、ジャンヌはさらにこぶしを振り上げる。

「ジャンヌ」

マリーズが、妹の背中に呼びかける。

そして意を決したように続ける。

「いえ……アロイスなの？」

エリクの顔面にこぶしを振り下ろす。うめく彼から手を放し、アロイスはゆっくりと振り返った。

『姉さん』

彼は心細そうにほほえんでいる。

くるくると表情が変わる。それはライムじいの作り出す表情とは異なっている。まさに揺らぎやすく、傾倒しやすく、そして葛藤と共に生きる十代の少年のものだ。

『今までごめん。俺の残した手紙がこんな風に使われるなんて、思いもよらなかったんだ』

「兄さん、油断しないで。エリクの銃を奪ってからにして！」

ジャンヌの忠告もむなしく、彼女はわき腹に強烈な痛みを感じた。ジャンヌはしりもちをつく。雨のおかげでぐっしょりとドレスは重たい。顔も体も泥だらけだ。

「ほら蹴られたじゃない」

『ジャンヌ、お前の体には慣れてないんだ。ドレスも重たいし』

「さっさと慣れて。マリーズ姉さんを助けるためよ」

よろめきながら立ち上がり、アロイスは妹の体をたしかめる。

『あばらは折れてない』

「幸いね」

『そこの人。名前は？』

「オーガスティンだ」

アロイスにたずねられ、オーガスティンは答えた。

「悪いが男手が必要だ。さっきはジャンヌが反撃すると思われていなかったからうまくいったが、次もそうとは限らない。妹の体は華奢《きゃしゃ》だから、エリクを攻撃してもなかなか倒れてくれない」

エリクは目を泳がせながら銃口をあちこちに向けている。誰を攻撃すればいいのかわからなくなっているのだろう。

オーガスティンは慎重にたずねる。

「僕はどうすればいい？」

『妹の体は小さくて軽い。それを逆手に取る。小回りがきくから、おとりになる。相手が弾切れを起こしたらつかまえてくれ』

「ジャンヌをおとりにするのか!?」

『うまくやるよ』

「悪いが賛成できない」

『つべこべ言っている場合じゃない。大丈夫、ジャンヌを死なせたりしない』

エリクは金切り声をあげ、アロイスに――ジャンヌに銃口を向ける。アロイスは背を低くかがめて、俊敏に走った。重たいドレスをものともしない足さばきだ。光と共に銃口から弾が放たれる。それは野ばらのしげみを通りこしていった。

どこかで指笛が鳴り、マックスが立ち上がる。

ジャンヌはアロイスとライムじいを、器用に交替させながら逃げているらしい。

マックスがうなり、エリクにせまる。彼はあせって走り出した。庭の追いかけっこは、クーロン邸を知り尽くしているアロイスの方に分がある。

マックスに追い立てられ、エリクはしだいに混乱する。ジャンヌの体には三人の魂。誰と対峙《たいじ》しているのか、彼自身もよくわかっていないのだ。オーガスティンはマリーズをかばいながらエリクの後を追った。

「オーガスティン」

マリーズは目に涙をため、体温が奪われまっしろになったくちびるを動かした。

「アロイスを止めないと。ジャンヌが殺されるかもしれない」

「わかってる」

「あなたを巻き込むつもりじゃなかった」

「君は誰も巻き込むつもりはなかった。だから恋人たちに別れを告げ、妹をサールへ送りこんだ。だが僕とジャンヌが真実にたどりついてしまった」

「……そうよ」

「言ってくれればよかった。いや……僕が悪かったんだ。君の背中についている生霊を見えていながら見ないふりをした」

「あなたも、ジャンヌと同じだったのね」

マリーズの言葉に、オーガスティンはうなずいた。

「そう……だが僕は、おかしなやつだと指摘される方を恐れた。ジャンヌとは違う。僕はただ臆病なだけだ」

「人は誰しもが臆病よ。例外はない。たぶん、ジャンヌでもね」

銃声が響く。それを聞きつけたモーリスたち使用人が、庭へ様子を見に顔を出した。

「マリーズ様。なにかございましたか」

「あなたがたは屋敷《やしき》の中に隠れていなさい。警察を呼んで」

「マリーズ様、お客様は……」

「そのお客様が暴れているのよ。お母さまをけして部屋から出さないで。わかったわね」

「承知いたしました。お嬢さまも早くお屋敷に」

「できないわ。ジャンヌが庭にいる」

マリーズはぬれた髪をかきあげた。

「ジャンヌは私が護《まも》る。そのために手元に置いたのよ」

覚悟をともなった口調だった。マリーズは、ずっと覚悟をしていたのだ。アロイスを失ったそのときから――このクーロン家を継ぐことになったそのときから。

護るべきものを見誤ってはいけないと。

オーガスティンはうなずいた。また銃声が響く。

「僕に考えがある。マリーズ、すぐに着替えてくれないか」

オーガスティンは庭を見渡し、たてかけられた箒《ほうき》を手に取った。

「で、結局あの拳銃には何発の弾が入っているわけ？」

ジャンヌがたずねると、アロイスはきまじめに答える。

迷路のような庭を走りながら、息もたえだえだ。

『六発。エリクが持っているのは最新式のリボルバーだ』

「じゃああと三回も九死に一生をやらなきゃいけないのね」

『九死に一生をやるのは俺だ』

「私の体なのよ」

息があがってきている。ジャンヌは顔をしかめた。

『お前の体は体力がっ……ないな。はぁっ、ちょっと走っただけで、息切れじゃないか』

「軍人学校に行っていた人と、一緒に、しないでよ！」

『おっ……おふたりとも、兄妹喧嘩《きょうだいげんか》を、なさっている場合では、ございませんぞ！　なんとか、エリクに無駄撃ちを、させるか、銃を、奪い取るか、どちらかを……はぁっ、実行せねばなりますまい』

『わかってる』わよ」

そうは言っても、心臓は爆発しそうなほど早鐘を打っていて、もう足は一歩も動かせそうにない。

(身を隠す場所がない)

ひらけた庭の真ん中で、ジャンヌたちは絶望した。

『しばらく交替してくれ、ジャンヌ。この三人の中では俺が一番動ける』

「そうさせてもらうわ」

どうにかできるといいけど――。私の体はひとつしかない。

ジャンヌはひやりとした。

野ばらの茂みの向こうから、エリクが現れたのだ。

銃を向け、にたりと笑うエリク。万事休すか――ジャンヌたちが覚悟を決めたそのときであった。

エリクの意識が、ふらりと逸《そ》れたのである。

彼は銃を、遠くのあずまやに向けて撃った。弾がかすって花びらが散る。そのすきにアロイスは場を抜け出した。

エリクが視線をとらわれていた、あずまやの方へ向けて走る。息をひそめ、呼吸を整える。雨が荒い呼吸音をかき消してくれるが……。

『あと二発。だが、なぜエリクは俺を撃たなかった？』

マックスが吠《ほ》えた。

ジャンヌは目を凝らす。黒い靄《もや》は、今にもエリクの背中を引きずっていこうかとするほどに大きくうごめいている。

ジャンヌは確信した。あの靄は、嫉妬の感情で大きく動く。

「オーガスティンだわ」

あずまやの中で、オーガスティンがマリーズに覆いかぶさるようにしてかがみこんでいる。

『おい、姉さんとキスしてるよな』

「見ればわかるわよ」

『こんなときにするか普通？』

「さあ……する人たちなんでしょ」

ジャンヌはそう言ったが、胸の中がもやもやとわだかまっていた。

——なによ、オーガスティンのやつ。私は命がけで姉さんを守ろうとしているのに、その隙にしけこんじゃって。

恋人同士、久々に会ったら気持ちが燃え上がったというわけ。

次第にむかむかとしてきて、くちびるをひきむすぶ。

オーガスティン。生霊と戦うことよりも、姉さんにキスすることの方が面白いっていうのね！

『ジャンヌ、お前……』

アロイスが、なにかに気が付いたようにぱちぱちと目をまばたかせた。

『大きくなったんだな』

「え？」

『口をひらけば幽霊幽霊、処刑場に墓場に自殺の名所、そんな子が色男に嫉妬とは』

「嫉妬してるのはエリクのバカでしょ」

『まだ自分の感情を冷静に判断できないなんて、お子さまだな』

「はあ!?　兄さんだって享年十七歳じゃないの」

『お前よりは長くこの世をただよってたんだぞ。お前いわく、生きている人間よりも俺みたいなやつのほうが面白いんだろ。でもお前の頭の中は、久しぶりに再会できた兄よりもあのオーガスティンでいっぱいだ。歴史研究家になるんじゃなかったのか？　男にうつつを抜かしてどうする』

「違います。勝手に私の頭をのぞかないでよ、それってマナー違反なんじゃないの」

『ライムじい、どうだ、俺の見解は正しいよな？』

アロイスに呼びかけられたが、ライムじいはすっとぼけている。

『はてさて……それよりもこのままですとオーガスティン殿もマリーズお嬢さまもどちらも危険でございます。我々が動くべきかと』

「そうよ。まったく、こんな時に兄さんがくだらない冗談を言うから」

ぷりぷりと怒って、ジャンヌはアロイスと交替する。

『冗談じゃないさ。お前がそんなに感情をむきだしにするのが良《い》い証拠だ。だがライムじいの言う通り、ここで決着をつけなければ』

かつての親友を想《おも》い、アロイスは目つきをするどくさせる。

『あいつを姉さんに会わせたのは俺だ。俺が後始末をするべきだ』

エリクがひきがねに指をかける。アロイスは石を拾い上げ、彼の背中を――それにまとわりつく黒い靄を散らせるようにして放った。エリクは銃を撃ち損ね、均衡を崩した。

「くそっ……マリーズをどこへやった！」

エリクは混乱し、体を折り曲げて叫んでいる。

ジャンヌたちは注目した。オーガスティンがキスをしていたのは、青いドレスを着た筈だ。

「マリーズ姉さんじゃない！」

『良かったな、ジャンヌ』

『いやまことに良うございました』

アロイスとライムじいが自分の体を使って会話をするのを、ジャンヌは強引に阻止した。

「ふたりとも黙ってて」

エリクは目を血走らせ、オーガスティンを問い詰める。

「マリーズはどこだ!?　お前、マリーズをどこに隠した！」

「………」

「黙ってないで答えろ！　マリーズを出せ！　お前がマリーズをたぶらかしたんだろ！」

エリクが興奮して銃をかまえた。だが、アロイスの方が早かった。

エリクの腕を手刀で払い、強烈な蹴りを腹に叩《たた》き込む。取り落とした銃を瞬時にマックスがくわえ、運んで行った。

野ばらの茂みから、新しいドレスのマリーズが顔を出した。マックスから銃を受け取り、さえざえとした表情だ。

「弾切れを待つまでもない。これで終わりよ」

マリーズは、エリクに銃口を向けた。

「私はオーガスティンにたぶらかされていない。私がたぶらかしたのよ」

「うそだ」

「完璧な女伯爵でいなければならなかった。この家を守るために。でも女の自分を肯定したかった。だから二つの顔を持った――女は家をつなげていくための道具じゃない」

マリーズは、冷たく言い放った。

「エリク。あなたは女はひ弱で、人を傷つけられないと思ってる。だから私にあんな手紙をよこした。反撃されるなんて思わないから」

「マリーズ」

「役に立たない言葉ばかり寄越して、陰に隠れて嫌がらせをすることしかできないあなたより、私は現実に生きることを知っている」

マリーズは引き金に指をかけた。

「生きるというのは、血を流すということよ」

銃口から光が放たれた。

しかし、それはエリクの体を貫きはしなかった。空に向かって撃たれた弾は、雨に撃ち落とされ、かんかんとはね、地面に落ちた。

マリーズの腕をおさえ、持ち上げたのはジャンヌだ。

「邪魔しないで、ジャンヌ」

『アロイスだ。ジャンヌなら静観している』

アロイスは姉の手に、自らの手をかさね、改めてエリクを狙った。

「ひ、ひい」

エリクは地面に尻をつき、おびえた目でマリーズを見上げている。

『俺がいなくなったから、姉さんは完璧を目指さなくてはならなくなった。悪いとは思ってるよ。本来ならこんな形で姉さんが家を引き継ぐべきじゃなかった。俺は愚かだった』

「アロイス」

『姉さんが俺より出来がいいから、俺は劣等感を持っていた。父さんには何度も言われた……【マリーズが男であったなら】と。そのたびに自分を否定されたような気持ちになった。むしゃくしゃして軍事学校へ入った……なあ、エリク』

エリクは気味が悪そうに、ジャンヌを見上げている。彼女の中に入っているかつての親友が、彼にわかるだろうか。

『俺と友達でいてくれたのはうそか？　姉さんに近づくために、俺を利用したのか』

「お前、何言ってるんだ」

『俺が前線へ行こうとしたとき、止めてくれたよな？　先輩や教師に嫌みを言われる度に、何度も励ましてくれた。野戦訓練で足をくじいたお前を助けてやったとき、言ったじゃないか。【アロイス、次は俺がお前を助ける番だ】と。あれも嘘《うそ》か。お前は平気で嘘がつけるやつだったのか？』

「なんでそんなこと知ってるんだ、お前が……」

『いいから答えろ』

アロイスにすごまれ、エリクは縮みあがった。

「父上から言われたんだ。クーロン家のご子息には恩を売っておけと。本来ならばお前が肩を並べることのできない家柄の人だと。お前のおかげで、僕はマリーズに会えた。クーロン家の舞踏会に僕のことを招待してくれたじゃないか。マリーズがあまりにも美しくて、一世一代の覚悟で一曲踊りたいと申し出た。マリーズはいいと言ってくれた！　僕はその場で死んでもいいと思ったくらいだ」

マリーズはそんなこと、まったく覚えていなかったらしい。不思議そうな顔をしている。おそらく弟の顔を立てただけだったのだろう。

『お前を信じた、俺がばかだったよ。あとから家族にこんなに迷惑をかけられるなんて』

弾はひとつ残っている。

アロイスはどうするつもりか──。

家族を守るために、かつての親友に手をかけるか。

しかし、この体は今を生きるジャンヌのものである。彼女に人殺しの咎《とが》を背負わせるわけにはいかない。

全員が彼の動向を見守っていた。

そのとき、アロイスをまとう空気が、ふっと軽くなった。

ジャンヌだ。

「私に遠慮する必要はないわ、兄さん」

彼女は銃口を、エリクの脳天にしっかりと向ける。

「兄さんの魂は濁りがない。ひねくれずに、誰のことでも、まっすぐに信頼できる。それが兄さんの美徳なのよ。ひねくれ者の妹から言っておくわ」

「ジャンヌ」

彼女のすごんだ雰囲気に、オーガスティンはおそるおそる声をかけた。

なぜ、今彼女が出てきたのか。

すでに天へ旅立った兄に、これ以上の重荷を背負わせないためではないのか。

「私ならこうする」

ジャンヌはためらわずに引き金を引いた。

最後の弾が、銃口から放たれた。

＊

ジャンヌが引き金を引いたのち、あずまやの背後にそびえたっていた木がみしみしと音を立てた。

銃弾を受け、巨大な枝が落ちてきた。枝がエリクの背後に激突するまで、ほんの一瞬の出来事だった。

まさか背後から衝撃があると思っていなかったエリクは情けないほどの叫び声をあげた。枝の落下自体はたいしたものではなかったが、本人は心臓が止まりそうなほどに驚いたのだろう。がくがくと震えて動けなくなったエリクを、オーガスティンが拘束した。

マリーズがあせったように言う。

「本当に撃ったのかと思ったわ」

「さっきの落雷で、あの木の枝が焼ききれそうになってたの。私だって刑務所に入るのは冗談じゃないわ。せっかく修道院から出たばっかりだっていうのに、またうんざりするような生活を送るつもりはない。面白い霊はいそうだけど」

マックスが吠《ほ》え立て、モーリスたちクーロン家の使用人を庭先へ案内した。

使用人たちに囲まれたエリクは厳重に縄をかけられ、抵抗する力を失いぐったりとしている。

「マリーズ様。町の警察には通報いたしました。じきにこの男をとらえに丘をのぼってまいります」

「ご苦労様」

マリーズはため息をついた。

「すべて内密に処理しようと思ったのに、結局のところ警察のお世話になっちゃったわね」

「姉さんは反省して。最初から私に正直に打ち明けてくれたら、ややこしいことにならなかった」

こんなことになるくらいなら、マリーズは初めから警察に相談すればよかったのに。

そうぼやくジャンヌを、オーガスティンはなだめる。

「下手に警察沙汰にして、エリクが逆上したら……そう思ったんだろう？　マリーズ」

「…………」

「嫌がらせの手紙くらいで、エリクは逮捕されたりしない。せいぜい厳重注意で終わりだ。むしろそうなったら、『マリーズに恥をかかされた』と逆上して、襲いかかってくるかもしれない。恐ろしいことに、エリクはジャンヌの居場所を知っている」

自分ではなく、家族に危害を加えられたら——。マリーズはその可能性を懸念していたというのか。

「そうなの、姉さん？」

マリーズは曖昧にほほえんだ。

「コラール先生のところでがんばってほしかったのも本当よ」

「もう十分に頑張ったわ」

ジャンヌはとっておきの笑顔を見せた。

「ほらね」

「……あなたはまだサールに残った方がよさそうね」

おかしい。一度はコラール先生にお墨付きをもらった笑顔だというのに。

オーガスティンの方を向いてにんまりと笑って見せると、彼も力なくほほえみ返した。

その表情がすべてを物語っている気がする。

ジャンヌは釈然としない顔になったが、気を取り直した。

「エリクは拘束できたけど、生霊はそのままよ……。どうしたらいいのかしら」

黒い靄《もや》は、いまだに彼の体から濁流のように流れている。彼が捕まったからといって、怨念まで浄化できるわけではない。

エリクは縄でがんじがらめにされ、力なくうなっている。

彼の顔には靄がまとわりつき、もはや表情もわからない。

（これからもマリーズ姉さんにつきまとってくるかも。やっぱりここは力ずくで、だめでもともとでも聖水や祈禱《きとう》を……）

迷うジャンヌの肩をたたき、マリーズはすっと前に進み出る。

それから、ゆっくりとエリクに語りかけはじめた。

「エリク。私は、あなたの理想からはかけ離れた女よ。平気で男遊びもするし、ふしだらでいい加減。ただ見た目があなたの好みだったというだけ」

「うそだ……」

「この期に及んで、まだ信じないのね。私が恋人たちと過ごしたすばらしい夜について、私の口から聞きたい？」

「………」

あまりにも残酷なマリーズの問いかけに、エリクは口をつぐむほかない。これほど嫉妬深い男が、マリーズの逢瀬《おうせ》の話など聞いたらいよいよ正気には戻れなくなるだろう。

「私はこれからも自分の生き方を変えるつもりはないわ。あなたはあなたの人生を生きて。他人の人生に執着しているほど、あなたに暇はなくなるはずよ」

「…………？」

「あなたのお父上が、あなたの退学の取り消し手続きを申し出ているそうよ。軍事学校に戻って。そしてアロイスの代わりに士官になってちょうだい。あなた、軍事学校に通っていたということは、きちんとした志があったからでしょう？　あの学校はとても厳しくて、たとえ親の意志に沿って入学したとしても、並大抵の生徒は耐えきれずにすぐにやめてしまうそうね。アロイスの手紙に書いてあったの」

アロイスの魂が、ジャンヌのものと取って代わった。

彼は話したがっている。そう察したジャンヌは、兄の言葉を待った。

ややあってアロイスは口をひらいた。

『……エリク。たとえ俺との友情がまやかしであったとしても、お前が真剣に学校で学んでいたのは本当のことだろう。いっときの感情ですべてを投げ出すのは良くない』

「いまさら軍人になんて……頭の中は、マリーズのことでいっぱいなんだ。もう僕に未来なんてない。こんな事件を起こした」

「立派な軍人になって、ロッテンバルを守ると約束をしてくれるなら、今日のことは不問にしてもいいわ」

「姉さん」

ジャンヌは抗議する。

「兄さんもよ。甘すぎるんじゃないの。殺されかけたのよ」

「私のことが好きなあまり起こした行動よ」

「こいつ、ただのバカよ。それを許す姉さんはもっとバカだわ！」

『ジャンヌお嬢さま、まずはマリーズお嬢さまの真意を聞いてみませんと』

ライムじいになだめられ、ジャンヌは腕を組む。

マリーズは、改めてエリクに向き直る。

「あなたの気持ちにもこたえられないし、あなたの理想にもなれない。けれど私は、あなたの将来をいたずらに摘み取るつもりはないの。私もこの国を担う人間のひとりですから。学校に戻って、エリク。今のままのあなたを私が受け入れることはけしてない。多分私でなく、どんな人でもね」

「マリーズ……」

「そして素敵な奥さんをもらって、家庭を持って。立派な男性になったあなたを見せて頂戴。人間的に成長したあなたで、私をきっと後悔させてね」

「………」

エリクは迷っているらしい。少なくともごく最近まで、彼は欲求に正直に生きてきた。これから軌道修正をすることはできるのか、彼自身もわからないのだろう。

『あとはエリク次第だろう。俺の出番はもうないな』

アロイスは体を思い切り伸ばした。

『生霊は、俺たち死霊が無理やり引きはがすことができないんだ。生きている者の念と死んでいる者の念は、性質がまったく異なるらしい。姉さんの呼びかけが一番効果があるだろう』

「だからといって、なんでも簡単に許しちゃっていいの？」

ジャンヌがくちびるをとがらせる。

それを見て、オーガスティンが付け加えた。

「なんでも簡単に許したわけではないよ。マリーズの問いかけは、今のエリクにとっては残酷なものだ。これからまっとうに生きることは骨が折れる。しかも努力した先に自分がいないとはっきり言っているんだ」

『そういうことだ、妹よ。まあ、怨念を抱え込んだまま、法によって裁かれるのを待つという方法もある』

「アロイス」

マリーズは、弟の名を呼んだ。

「家族が心配で、ずっとこの世をさまよっていたの？」

ジャンヌが降霊できるのは、未練を残して遺品に取り憑《つ》いている霊だけだ。アロイスを降霊できたということは、彼はこの世に未練が残っていたことになる。

『自分が死んだとわかったとき、どこかほっとしたんだ。これで姉さんも好きに生きられるって……俺さえいなくなれば、バカげた男遊びもやめて、クーロン家の当主として本来のまじめな姉さんに戻ってくれるってね』

でも違った、とアロイスは続けた。

『実際に死んでみると、姉さんはますます荒れて気がかりだったし、修道院に入れられたジャンヌはもっと肩身の狭い思いをすることになるだろうと思った。なにせ予言が現実になったからな。悪魔憑き決定だ。ふたりが苦しむのなら、どちらも俺のせいだと……』

「そんなことはないわ。私は好き勝手言うし、その言葉による責任は私のものよ」

アロイスを遮って、ジャンヌがそう言ったので、彼は笑い出した。

『ああ、お前らしいよジャンヌ。俺は、ちっぽけな俺自身を誰かに肯定してもらいたくて、ずっと悩み彷徨《さまよ》っていたのかもしれない。未練があるならこうだ──もう一度、ふたりの姉妹に会いたい』

アロイスを肯定し、彼の長所を誰よりもわかっていたのは、マリーズとジャンヌだった。

クーロン家で、それぞれの個性を持て余しながら育ったきょうだいたち。思うように生きられない互いを案じて、思いは交錯していたのだ。

『ひとまず未練はなくなった。眠くなってきたよ』

「アロイス、行ってしまうの」

マリーズは、アロイスに取りすがった。

そして、なにかを呑《の》み込むようにして、ぐっと下を向いた。

「いえ……止めてはだめね」

『姉さん……』

「ありがとう、また会えてよかった。ただひとりの誇らしい弟」

ジャンヌは感じ取っていた。アロイスの魂が、天に向かって引き寄せられている。

魂が離れる──。

「まだ私は話し足りないわ、兄さん」

『そうだな』

「彼も、そう思ってるみたいだけど」

ジャンヌは、地面に這《は》いつくばるエリクを一瞥《いちべつ》する。

彼は震えるくちびるを、何とか動かしていた。

「アロイスなんだろ」

『エリク……』

「なんでかはわからないが、妹の体に入ってる。お前が死んだのはうそだったのか？」

『本当だよ』

「……もう会えないのか？」

『俺は死んだんだ。いっときでも仲良くしてくれてありがとう、エリク。お前がお前らしく生きられることを祈っている』

「僕が、僕らしく……」

アロイスの魂が、するりと抜けていった。

雨は弱まり、光がさしこんだ。その光がアロイスを連れ立ってしまったかのように。

ジャンヌはまぶしそうに目をすがめた。

庭先が騒がしくなる。警察が到着したのだ。ものものしい装備の彼らは、縄をかけられたエリクに、さらに手錠をかける。

「銃声があったとここの執事から通報が。この男が犯人ですね」

マリーズが認めれば、エリクの経歴は汚れてしまう。

軍事学校には戻れない。

「どうするの、エリク。あなたが、あなたらしく生きる覚悟は、できているの？」

一同は、彼の返答を待った。

エリクは、深く呼吸をした。

「アロイスに言われたらかなわない。はじめは父の命令だった……でも辛《つら》い訓練を耐えたのも、最愛の人に出会ったのも、全部アロイスがいなければできなかったことだ。まやかしから始まった友情でも、過ごした時間は本物で、彼を失ってなにも感じなかったはずがない」

アロイスは、死んだ人間に生霊を追い払うすべはないと言った。

執着から己を解放できるのは、自分自身だけということである。

「ああ……約束するよ、マリーズ。僕は学校に戻る」

彼を覆っていた黒い靄《もや》が、ふわりと晴れてゆく。それは冷たい小雨に溶けるようにして広がり、霧散していった。

黒は灰色になり、そして白い野ばらのまわりに溶けていった。

「この男が、あなたに危害を加えたのですね。クーロン女伯爵」

「いえ。ちょっとした追いかけっこをしていただけです。お騒がせしましたわね」

マリーズの言い訳は、どう考えても無理があった。

だが、被害を訴える者がいない中、エリクを警察署へ連れていくことはできない。

刑事たちは顔を見合わせている。わざわざ大人数でやってきて、『何もない』ですませていいものか。

「本当に、何もないんですね？」

若い刑事の念押しに、マリーズはうなずいてみせた。

「大人でも、雨の日に追いかけっこをしたくなる時があるのですわ、刑事さん」

「さて、私はそんなおかしな気持ちになったことは、ただの一度もないですね」

人騒がせな女伯爵を前に、刑事たちは肩をすくめた。

＊

翌日のクーロン邸は、昨日の騒ぎが打って変わっての静けさだった。

パーラーのソファに座ると、マリーズは脚を組み、紅茶のそそがれたカップをかたむけている。

「どんな時でも、男のプライドをけして折ってはいけないのよ」

マリーズが言うには、こうである。

あの時、エリクを警察に差し出してしまうことは簡単だった。だがそうしてしまえば、彼はマリーズへの恋心をこじらせて、恨みを抱えたまま、閉じこもってしまうだろう。

エリクを許すことで、彼に新しい生き方を与えた。彼が『本来なら優秀な人なのに』とマリーズが残念に思っていると伝えた。そうするとエリクは本来の実力以上に自分の力を信じるようになる。自然と、マリーズ以外のことに意識を向けるようになる。

「この方がきれいに私のことを忘れてくれるのよ。感謝すらされるわ」

「なーんか、私は納得いかないのよね……」

ショコラショーのカップをいじりながら、ジャンヌはぶつぶつと文句を垂れる。

悪人は悪人として成敗したい。現実だって歴史だって、なあなあなままではすっきりとしない。だからジャンヌはいつも、歴史の仔細《しさい》を知っている霊を探している。

「これまでこっちが気をもんで、迷惑をこうむってきたことについては、結局なにも償われないということでしょう？」

このままあっさりとエリクが解放されてしまうのは、奥歯にものがはさまっているかのような気持ちだ。

「あら、私のことを心配してくれたのね、ジャンヌ」

マリーズはころころと笑う。

「てっきり恨まれていると思ったわ。突然あなたを引き取って花嫁修業させると言ったから」

「それは、でも、私を守るための方便だったということでしょう?」

「まあね。エリクがあなたに近づいているのは分かっていたから」

「でも、事件は解決した。姉さん、約束をおぼえているわよね?」

「ええ。あなたが生霊を払うことができたなら、お見合いをしなくてもよいという約束ね?」

「そうよ」

ジャンヌは前のめりになった。

エリクの生霊は無事にいなくなった。それならばもう、ジャンヌはお見合いをしなくてもいいはずなのだ――。

「でも、生霊を払ったのって私よね?」

「え?」

「エリクに言葉をかけて、彼の恨みを晴らしたのって、私でしょう?」

ジャンヌは信じられない気持ちで、姉を見つめた。

「そんな……」

ジャンヌはたしかに姉を助けるためにライムじいを降ろし、ついにはアロイスまで降ろしたが、エリクはマリーズの言葉に納得して軍事学校へ戻ることにした……。

流されそうになったジャンヌは、はっとした。

「いえ、私の活躍を忘れてもらっては困るわ。アロイス兄さんの声かけがあったから、エリクはまっとうに生きることにしたんだもの。つまりは兄さんを降霊した私の手柄よ」

「そうかしら」

「ライムじい、何とか言って」

『マリーズお嬢さま、このライムじいの活躍をなかったことにされるのはまことに傷つきますぞ。私とマックスもお嬢さまがたのために体を張ったのでございまして』

「そうね、良い子だわマックス」

マックスはマリーズの足元で、甘え鳴きをしている。念のため獣医師を呼んだが、マックスは怪我《けが》を負っていなかった。今は豪華な餌をもらって、満腹な状態でまどろんでいる。

『ジャンヌお嬢さまは、サールではそれはそれは頑張っておられたのでございます。オーガスティン殿やヘンゲル殿、協力者を得るために昼となく夜となく足を動かし――』

「それでは、その頑張りぶりを彼から聞いてみましょうか」

オーガスティンがパーラーに案内された。どうやら彼は早起きが苦手なようである。

眠い目をこすって、小さく息をつく様子は、少し子どもっぽくさえある。

「おはよう、オーガスティン。とはいってもすでにお茶の時間よ」

「すまない」

オーガスティンの前に温められたスコーンと紅茶が運ばれた。彼はスコーンには手をつけず、まずは紅茶でくちびるをしめらせた。

「妹がお世話になったわね。サールではほとんど付き合ってくれていたのでしょう」

「君の妹とは知らなかったけどね……」

オーガスティンは苦々しくつぶやく。

「それで、今はジャンヌと相談してたの。彼女にお見合いをさせるかどうか」

オーガスティンは紅茶をむせて、ナプキンであわてて口元をおさえた。

「見合い……!?」

「私に取り憑《つ》いている生霊を払うことができたら、彼女のお見合いをなしにするって約束してしまったのよ。でも生霊は私が払ってしまったでしょう?」

「私の活躍あってこそよ」

ジャンヌは語気を強めた。

「コラール先生のところでジャンヌをもう少ししごいてもらって、きちんとした方とお見合いさせようかと思うの。あなたはどう思う、オーガスティン」

「僕は……」

オーガスティンは、ジャンヌの方をちらりと見てから答えた。

「反対だ」

「なぜ？」

「本人が望んでいないのに見合いさせるなんてかわいそうだろ」

「女の人生なんてそんなものよ」

「姉さんは好き勝手男と遊んでるじゃないの」

「そうよね。困った姉よね」

「他人事《ひとごと》みたいに言わないでくれる」

マリーズは目を細め、オーガスティンのことを意味ありげに見つめた。

「でも、心配でもあるの。この子幽霊が見えるでしょう。人の死期もわかる。普通の男の人じゃ、ジャンヌのことを気味悪がってしまうんじゃないかと思ってね。あくまでこの子の気持ちがわかる人でないと、簡単にお嫁にやれないわ」

「え……」

「だから相手は厳選するつもりだわ。あなただって、気の合う人が夫になってくれるなら言うことはないでしょう、ジャンヌ」

「私と気が合う人なんて、この世に存在するとは思えないわ」

「だからといってあの世の人と結婚できるわけじゃないのだから、我慢しなさい」

ジャンヌはわなわなと肩を震わせた。

「姉さんのわからず屋。私、もう部屋に戻って本でも読むわ。あと言っておくけどね、生霊は全部いなくなったわけじゃないのよ。まだ小さい靄が背中のあたりについてるわ！　男遊びもほどほどにしてよね！」

「目が悪くなるから、あなたも読書はほどほどになさい」

姉の言いように、ジャンヌの怒りはますます募る。

彼女は憤慨して出て行った。目の前に条件が当てはまる相手がいることを、きれいさっぱり失念していたのである。

ジャンヌが踏み鳴らす大げさな足音が遠くへ消えてしまうと、マリーズはメイドから新聞を受け取り、ゆっくりとひらいた。やけに落ち着いたしぐさである。

「よかった、昨日の騒ぎは事件にはなっていないみたいよ」

「そうか」

「ガゼルは今日も平和みたいね。少なくとも朝刊では」

オーガスティンは、そわそわと落ち着かず、マリーズのことを見やった。

「今のはいったいなんだ？」

「今のって？」

「ジャンヌに対する言葉だ」

「彼女がどこぞの馬の骨とお見合いして、万事話がまとまってしまったら、一番困るのはあなたなんじゃないの、オーガスティン」

「………」

マリーズは、すべてに気が付いている。

いつからだ、とオーガスティンは視線で訴える。はっきりと言葉にしてもいいのだが、つい先ほどまでここにジャンヌがいたことを思い出すと、なかなか口をひらく気持ちになれない。

「いまさらになってあなたが私の誘いに乗った理由が分かったわ。きっと瞳の色ね。私とジャンヌは同じ青い瞳なのよ」

「本当に、姉妹だとは思って……」

「思わないでしょうね。似ていない姉妹だもの」

「いや、似ているよ。……向こう見ずなところと、好奇心旺盛なところはそっくりだ」

その好奇心の矛先に違いはあれど、彼女たちはクーロン家の姉妹なのだ。オーガスティンはいやというほど思い知った。

「アロイスにもよく言われたわ」

マリーズは新聞に視線を落としたままたずねた。

「時にオーガスティン。あなたに婚約の予定はあって？」

「いや……」

「あなたも苦労するわよね。その体質じゃ」

マリーズの申し出が、もしオーガスティンの予想通りなら……これは、彼にとってとんでもなく幸運なできごとなのではないか。

毎年のように、夏の間はジャンヌを捜して歩いた。どんなに暑い日も、雨の中も。彼女のいたあかしを追い求めて。

初恋の相手は、まやかしの存在だったのかもしれない。そう思うときも何度もあった。

だがこれからは捜さなくてすむ。もしマリーズが、大事な妹を自分に任せてくれるのなら。

「マリーズ……」

「あなたとジャンヌって、気が合うと思うのよ。お察しの通り、あの子って生きている人間との付き合いはとんでもなく苦手なの。でも、あなたと一緒のジャンヌは等身大で、のびのびとしていたわ。まるで大昔からの親友同士みたいにね」

幼いころ、ジャンヌと一緒に冒険したひとときを思い出した。

あてどもなく街を歩いたり、夜の森に忍び込んだり。川に流れついたがらくたを拾ったり、大人の目を盗んでおやつを食べたり。

いつだって幽霊探しに付き合わされただけだったが、それでもあの時は楽しかった。ジャンヌの小さな手を握っていれば、どこへでも行ける気がした。

「……アロイスの宿っていた遺品の手紙を読んだの」

マリーズは新聞を置くと、綴《と》じたノートに挟まれた便箋を取り出した。

出せなかった手紙には、アロイスの魂が残っていたのだ。

「なんて書いてあったんだ？　いや……君たちきょうだいのことだから、僕に言えなければそれでいいが」

「いえ、驚くほどたいしたことではないの。ただ『マリーズ、すまない。ジャンヌを頼む』それだけよ」

激戦地へ行くことが決まっていたから書いた手紙であったのか、それともほかに思うところがあったのか、今となってはわからない。

「でも……これを読んで思ったの。あの子を自由にさせてやるのも良《い》いけど、姉としてのつとめを果たさなければならないとね。あの子にはきっと生きている人間の理解者が必要よ」

「マリーズ……」

マリーズは新聞をたたみ、きっぱりと言った。

「ただ、姉のお下がりをあの子が許容するかどうかよね」

「おさが……」

殴られたような気持ちになる。

オーガスティンは、呼吸を整えてから言った。

「その……言いようはないんじゃないか……マリーズ……」

「事実じゃないの」

その言い方。あまりにもジャンヌとそっくりである。

こんなところで似ている要素を出さないでほしい。本人に言われているようで心がえぐられる。

「あの子は私より厳しそう。以前みたいにモタモタしてたら呆《あき》れられるかもね？」

「マリーズ！」

マリーズは愉快そうに笑った。

「あの子はクーロン家の次女。雷雨のように烈々たる、独立独歩のジャンヌですもの。『クーロン家の女は可憐《かれん》な野ばらのようにあれ』と言った初代クーロン家の当主には、私たち姉妹は顔向けできないわね。まあ、あの子が私に似ているというのなら、そうね……私はジャンヌのお下がりでも気にしないわ。そういうことよ」

「……本当か？」

「ええ、たぶん本当よ。確かめたかったら私の依頼をひとつ受けてくださらない？」

オーガスティンはもうなにも言わなかった、これ以上言葉を重ねても、やりこめられるだけだと思ったのだ。

＊

「頑張ったのに、こんなのってないと思わない？　なんで私がお見合いなんてしなくちゃいけないのよ」

花嫁修業を我慢したのだって、サール中をかけずりまわってエリクを捜したのだって、全部マリーズのためである。こんな風に裏切られるなんて……。

手鏡を握りしめ、ジャンヌは文句を垂れる。それから小さく息をついた。

「でも、裏切られたわけじゃないのよね。エリクの生霊を追い払ったの、私じゃないし」

たしかに、聖水をまいて浄化させたわけでも、ブン殴って消滅させたわけでもない。ジャンヌの行動よりマリーズの言葉の方がよく効いたのだ。エリクが犯人であるとマリーズは最初から知っていたのだから、そもそもサール中駆けずり回っていたのだって、骨折り損であった。

『冷静な判断ができているようで何よりであります、ジャンヌお嬢さま』

「やっぱりエリクをあの世へ送ってやればよかったかしら」

『なんと物騒な！　マリーズお嬢さまの言う通り、これで本人が更生するならばそれに越したことはないのですよ』

ライムじいはそう言うが、自分がもっともほしかった報酬が手に入らなかった以上、めでたしめでたしとは言えない。

「でも……アロイス兄さんに会えたのは、よかったかな」

アロイスとマリーズは、そのわだかまりをほどくことができたらしい。

結局、アロイスが宿っていたという彼の手紙はマリーズに渡したままである。ただ、手紙に書いてあったことを知らなくてもいいと思っている。アロイスがマリーズやジャンヌを案じ、彼女たちを守りたいと思っていたことは、すでにこの肉体を通して知っているからだ。

「ジャンヌ、ちょっと良いか？」

ノックの音がして、ジャンヌは飛びあがった。

オーガスティンの声である。

「話せないか。少しだけ」

「いいわ。今出ていく」

手鏡を置いて、スカートにしわが付いていないかを確認してから、ジャンヌはするりと部屋を出た。

「何？」

部屋を見せないように、ずいと胸を張る。少女趣味のぬいぐるみは意地でも隠したい。ジャンヌが留守の間に、いつのまにか犬のぬいぐるみが増えていたのである。

「いや……以前は、僕に部屋に来ないかって言ってたけど」

「この部屋はダメ。というか、これからはダメ」

ジャンヌは怒ったように言うと、オーガスティンと共に庭に出た。

以前はなぜあんなに気軽に彼のことを誘えたのかが分からない――。

（マリーズ姉さんがいるからだ。ふたりが話していると、どうしてもオーガスティンと親しくしているところを想像してしまう……）

マリーズとオーガスティンは、並べばそろいの彫刻のように美しい恋人同士だった。

なんだかオーガスティンが遠い人になったようで……それから、自分の感情に疑問を持ち始めた。

そもそもオーガスティンははじめから姉の恋人ではないか。

彼のことをなんだと思っていたのだろう。姉の元恋人？　幽霊の見える同士？

それとも――。

「ジャンヌ」

オーガスティンに呼びかけられ、ジャンヌははっと我に返った。

「このあたりがいいかな。日中は外に出てもらうことになるけど」

昨日の生きるか死ぬかの争いが嘘《うそ》であったかのように、中庭は静かで、時折ハーブの香りが鼻をくすぐった。ぬかるみも乱暴に踏みあらされた土も、庭師がきれいに均《なら》してくれたらしい。

白い野ばらの咲く一角は、生前アロイスのお気に入りだった場所である。

「君の姉さんと話してね。君がモデルになって、僕が絵を描くことになった。君のお見合い用に肖像画が必要なんだそうだ。どうせだから光がきれいにあたる場所で描こうかと。君さえよければ」

「え？　あなた人物画は無理なんじゃなかった？　それに私、肖像画なんて——」

「僕も無理かもしれないと思ったけど……君の絵なら描けるんじゃないかと思ったんだ」

オーガスティンは、うつりこむ幽霊のせいで人物画は描けない。だが下級の幽霊は蹴散らし、見どころのある幽霊は仲間にしてしまうジャンヌなら、望みさえすれば水を打ったように静かにすることもできる。

「一理あるかもしれないわね」

「それに君の周囲に幽霊っぽいものが描かれていても、それが君ってことで、いいんじゃないか。マリーズの言う『気の合う男』だけがその絵に反応してくれるだろう」

「あなた天才ね、オーガスティン」

「どうも」

ライムじいが懸念をしめす。

『しかし、そうなりますとジャンヌお嬢さまのお見合い相手はなかなか見つからないのではありませぬか。幽霊の見える殿方しか絵に良い反応を示さないのなら……』

「いいんだ、ライムじい。むしろ第一印象で気が合わない人を避けられるんだから、互いに時間を無駄にしないで良《い》いじゃないか」

いくぶん咳《せき》ばらいを挟みつつ、オーガスティンは言った。なぜか言い訳がましい。

「君さえよければだけど、どうかな」

受けない手はないわね。ジャンヌの心にまっさきに浮かんできたのは、その一言だった。

「他の画家に退屈な絵を描かれるよりはマシ。姉さんはいったん言い出したら聞かないもの、意地でも見合い用の絵を描かせるわ」

それに絵を描いてもらうなら、夏が終わってもしばらくはオーガスティンと一緒なのだ――。

そう思ったとき、ジャンヌははっとした。

野ばらの茂みに、アロイスの姿を見た気がしたのだ。

彼はほほえんでいた。妹の成長を、面白おかしく見守るように。

「うるさいわよ、兄さん」

「なにか言ったか？」

オーガスティンが視線をうつしたとき、アロイスの姿は消えていた。

以前、ジャンヌは兄の死に対して思ったことがある。

死というものが、どうせ覆せない運命なのだとしたら、なにも感じない方がよかったのだろうかと。

(どだい無理な話ね。私は死を感じるし、これからも幽霊と話す。これは変わらない。たとえその結果孤独になったとしても、自分の生き方を曲げるつもりはないわ)

だがもし、自分の感じたものを、自分の言動を、まっすぐに受け止めてくれる人がいたなら。

見える景色は少しずつ、変わってゆくのかもしれない——。

「なにも。絵をおとなしく描いてもらうかわりに、処刑場に行きたいの。姉さんにお願いしてみようっと」

ひとりじゃ危ないよ——。オーガスティンは、きっとそう言うに違いない。

ジャンヌの期待通り、オーガスティンは心配そうな顔をした。

「ジャンヌ、ひとりじゃ危ないよ」

「そう？　私は平気だけど」

くるりと背を向けて、ジャンヌは顔を隠した。

たぶん、私は今コラール先生に合格点をもらえると思う。いや、若干崩れすぎかもしれない。

笑顔になるというのは、心の底からわくわくするということなのだ。いつだって死人たちの世界にわくわくしていたつもりだけど、これはそういったものとは毛色の違う感情らしい。

「どうしてもって言うなら、ついてきてもいいわよ。オーガスティン」

ライムじいが飛び出してこないように。ジャンヌは慎重に、ほんの少し上ずった声で、そう言った。

お便りはこちらまで

〒一〇二―八一七七
富士見L文庫編集部　気付
仲村つばき（様）宛
珠梨やすゆき（様）宛

富士見Ｌ文庫

彼《かの》女《じょ》はジャンヌ・クーロン、伯爵《はくしゃく》家《け》の降《こう》霊《れい》術《じゅつ》師《し》

仲《なか》村《むら》つばき

2024年１月15日　初版発行

発行者　山下直久
発　行　株式会社 KADOKAWA
〒102-8177　東京都千代田区富士見２-13-３
電話　0570-002-301（ナビダイヤル）

印刷所　株式会社暁印刷
製本所　本間製本株式会社
装丁者　西村弘美

定価はカバーに表示してあります。　◇◇◇

●お問い合わせ
https://www.kadokawa.co.jp/（「お問い合わせ」へお進みください）
※内容によっては、お答えできない場合があります。
※サポートは日本国内のみとさせていただきます。
※ Japanese text only

ISBN 978-4-04-075222-8 C0193